黑龙江美术出版社

何一峰武侠小说

双剑缔姻记

何一峰 著

中国文史出版社

图书在版编目（CIP）数据

双剑缔姻记／何一峰著. -- 北京：中国文史出版
社，2025.3

（何一峰武侠小说）

ISBN 978-7-5205-3877-0

Ⅰ. ①双… Ⅱ. ①何… Ⅲ. ①侠义小说-中国-现代
Ⅳ. ①I246.5

中国版本图书馆 CIP 数据核字（2022）第 199672 号

责任编辑：牟国煜

出版发行：**中国文史出版社**

社　　址：北京市海淀区西八里庄路 69 号院　邮编：100142

电　　话：010-81136606　81136602　81136603（发行部）

传　　真：010-81136655

印　　装：廊坊市海涛印刷有限公司

经　　销：全国新华书店

开　　本：880×1230　1/32

印　　张：7.75　　字数：119 千字

版　　次：2025 年 3 月第 1 版

印　　次：2025 年 3 月第 1 次印刷

定　　价：58.00 元

目　　录

1

第一回

买伤药梦玉失踪
遭毒手杰民尽孝

却说四川平武龙安地方，有一家巨富，姓黄，主人唤黄燕南，少壮时屡试不第，花钱买了一名秀才，捐着个小小前程，被指分在湖北候补。财旺升官，黄燕南手段又极油滑，很在湖北那地方干过十多任好差使，能占得地方上的便宜，讨得上峰官的欢喜。曾娶有一妻一妾。妻周氏，生一子，取名唤作杰民；妾云氏，生一女，乳名唤作梦玉。杰民比梦玉小两岁，两小友爱之情，极其笃厚。

黄燕南有了这一对儿可爱的小儿女，非常快乐。他的家产很富足，并在政界上拿本钱做生意，赚来的红利拢共有十多万，年纪逐渐增高，动极思静，遂卖去现任的差使，准拟休养林泉，全家回归龙安。

不幸周氏夫人在路上冒了风寒，归家不上数日，便呜呼哀哉了。临死的时候，曾执着杰民的小手说道："好孩子，娘有几句话，你要永远牢记在心上，娘有百件好，只有对你这位姨娘太厉害些，及今懊悔无益。娘死以后，你可善事姨娘，把你梦玉姐姐要看待得同一娘胎里生出来的样子，补答娘平时虐待你姨娘的过错。娘死在泉下，亦当瞑目。"

杰民年纪虽小，心地却极玲珑，听他母亲的话，当下跪着痛哭，连称遵命。周夫人听了，又执着梦玉的手安慰了好些吉利话，即瞑目而逝。

岂知云氏当周夫人在时，平日威严之渐，已慑其胆而褫其魄，任凭周夫人怎样虐待她，唯有貌顺面受，不敢谁何。及听周夫人对杰民说的那种临死抱佛脚的话，表面上也非常感激，心里却是蜜甜甜地好笑。周夫人终七之后，云氏每想报复她生时悍妒的仇愤，借事在燕南面前却说杰民这孩子的好处，待姨娘、姐姐都好，燕南反因她不惦记杰民母亲的前仇，处处疼爱杰民，便有心抬举她，扶正做了继室。

这时候，杰民已八岁了，正是发蒙读书的时候，梦玉言动举止也很聪明，便聘了个蒋秀才在家，专教杰民姊弟读书。杰民读书的天分，视梦玉较高，越使云氏听了刺耳，早存了个暗害杰民的心思。杰民身上的衣裳本来穿得暖，云氏却要多给他加些衣服；杰民腹中的茶饭本来吃得饱，云氏却哄他多吃些茶饭，对于梦玉反装漠不相关。杰民的天性极厚，常在他父亲跟前说他继母待姐姐的心肠不及待他好，要他父亲遇事疼爱他的姐姐。

燕南听了这些话，也很欢喜。岂知衣服本宜适体，茶饭本宜果腹就好，穿吃过多，在在足以沾病，幸得杰民身体结实，脾胃坚强，虽穿吃太多，却能安然无恙，云氏只恨无法能奈何他。

幸得第二年，燕南又染病死了，这时候却是云氏报复前仇的时候，对待杰民的面目却完全改变了，甚是疼爱梦玉，每日更深人静向后，必借端将杰民毒打一次。梦玉每看她母亲毒打兄弟，都把她母亲诬说她兄弟的过失或从中解释辩护，或推说到自家身上，愿代她兄弟挨打。云氏哪里理会她。每打杰民一次，梦玉必恸哭一次，早被那蒋秀才看在眼里，暗地劝勉杰民，认真读书，凡事小心些，不要惹云氏忌恨。无如云氏虐待杰民一日厉害一日，因蒋秀才遇事偏护杰民，不由迁怒到蒋秀才身上，送上一年的束脩，将蒋秀才辞退了。

自此，云氏悍毒名气没人不知道，就有姓黄的族人出头向她理问，无如她口若悬河，所说句句有理。杰民性情纯孝，又不肯在同族人面前暴扬他继母的罪过，都说怪他自己年纪小，不长进，父母管教儿子，怎说父母的不是？同族人也就无可发泄，背地却窃议黄燕南生时，在仕途上作孽多端，子孙会受恶报。其实这些人的论调未免太苛刻了，孺子何罪，他父亲的惩孽竟责报在他身上呢。

云氏从蒋先生去了，尚没有请先生到家里来。梦玉因兄弟常挨母亲毒打，日间当着杰民不哭，常躲到没人地方嘤嘤地哭。杰民却不知道。

这日午后，杰民因云氏督料钱谷甚忙，忽不见了梦玉，刚寻到后花园，即听得梦玉的哭声，哭得甚是凄婉。杰民忙走到牡丹架下，果是梦玉在那里啜泣。

杰民拉起梦玉，说道："姐姐不用哭，娘今天没有打我。"

梦玉哭道："看兄弟手上的伤，暴起老大的一个疙瘩来，小丫头告诉我，说你早间失手打了一只茶杯，娘拿一把裁衣尺，打肿你的手，怎说没有打你？"

杰民道："话是有这样的，也只怪我自己不小心，不怪娘打我。"

梦玉又哭道："兄弟常被娘打，哪一回能瞒得我？打到兄弟的肉，痛到我的心坎。将来打死兄弟，我怕娘死了做恶鬼呢！"

杰民听了，也只有痛哭。

梦玉忽掩泪说道："兄弟手上很肿得厉害，我去到隔壁大生堂药店里，买一包伤药来，兄弟在这里等我。"

杰民道："多谢姐姐这样好，我生身的老娘都在棺材里保佑姐姐。"

梦玉便揩了揩眼泪，买药去了。

杰民在花园等了一会儿，不见梦玉买药回来，心里有些焦躁，实在等得不耐烦了，悄悄跑到大生堂一问，说没有见他姐姐到那里买药。

才出了药店门，遇见家里小丫头粉蝶，气喘吁吁向杰民道："少爷可知道，小姐被个老和尚拐去了。"

杰民猛听这话，惊得心肝五脏都分裂开来，问是怎么样。

粉蝶道："小姐拉我去到大生堂买伤药，替少爷医伤，瞒着太太，才走出门，迎面撞见个老和尚，头顶上有十个戒疤，向小姐面上一望，走来在小姐头顶

5

上一扑，向小姐招招手，小姐便跟着他走。他们两个人走得好快，我不信小姐也有这种本事。我跟在后面追赶，看和尚同小姐走到一条狭巷去了，我赶到狭巷时候，哪里看见小姐呢？连和尚也没有了。我到狭巷前后都找过了，还是找不着，心上的小肉儿急得乱跳，只得回来。不想少爷也到这里，你看小姐被和尚拐了去，今天是怎样好？"

杰民听完了，又同粉蝶两人乱找了一会儿，依然没有半点儿踪迹。回家见过云氏，从实说了。

云氏只冷笑一声，却四面派人寻找梦玉。只忙乱了十多日，依然是石沉大海，消息全无。

这夜三更向后，杰民已睡了，想起梦玉来，心里有些疼刺刺的，云氏虽没有打他，但比打他还觉难受。翻来覆去，只是睡不着。

云氏忽将他叫起来，向他问道："我今年已四十岁了，你老子又死在我前，将来靠谁养我的老？"

杰民忙应道："自然是靠儿子、女儿的。"

云氏道："女儿已被那个头上没有毛的东西拐去了，儿子又不是肚子里拖出来的，说不定，将来你的翅膀硬了，还要报仇呢！你叫你姐姐出去买药，被拐了去，她的小性命是靠不住。这里是一把剪刀，我恨极了，一下也不打你，怕我这把剪刀不肯饶你一条狗命。"

杰民听罢，自然明白是死到临头了，不由哇的一声哭了出来。

云氏道："你哭也是死，不哭倒可以完全你一个整尸首。老娘今夜结果了你，只把你尸首埋在后花园里，也只说被和尚拐了去，看你们姓黄的那些混账王八，谁敢同老娘打这场人命官司？"

杰民年纪虽小，却具有绝大的智慧，当向云氏哭道："儿子的心，娘是知道的吗？儿子有千百件不好，娘也该看儿子待姐姐的好。姐姐被和尚拐去了，儿子的心飞了，早想出门去寻访姐姐，一天不访到姐姐同儿子回来，儿子这一天不想有个活命。天开眼可怜儿子苦心，应该找得姐姐回来。娘今天要儿子的命，儿子一死没有怨恨，更有什么热心的人舍生忘死寻找姐姐呢？若替娘打算，要用这把剪刀戳死儿子，尸首埋在后花园里，也说是被和尚拐了去，儿子说句娘不用见气的话，如果娘的心待女儿、儿子是一样的，没有人想到娘害儿子的事，也只当是踏死了一个蚂蚁。不过娘平日喜欢管教儿子，同族人都知道，打起官司来，娘如何吃得住呢？这是娘一时糊涂，要儿子的性命，也不应该这样办法。"

云氏道："倒看不出你这小鬼头，说话倒很知窍，你说该怎样办？"

杰民道："我说劝娘饶了儿子吧，儿子的孝心娘是知道，别人要儿子的命，儿子要报仇的，没有个孝心儿子要报娘仇的道理。娘这样杀了儿子，就保不住不犯案。何况娘有这偌大的家财，没有儿子这家财还不是归别人吗？那种罪娘更不能受了。依儿子的意思，儿子从明天当大众面前，动身去找我姐姐。儿子、女儿能无恙回来，自然是黄家的造化，即令儿子外死外葬，娘也不犯罪，这是儿子替娘打算，不是儿子想存留这条小性命，多活几天。"

云氏道："你这小东西太厉害了，你想我今夜饶了你的狗命，放你到众亲族家中去胡说乱道，那还了得？"

杰民道："娘平日管教，儿子不知挨了多少打，几见儿子在外人跟前说娘有怎样毒心待儿子的？儿子读过经书，知道天下无不是父母的大道理。娘倘真个想杀死儿子，儿子也不忍向外人面前去胡说乱道，何况娘是一时的气愤话，别无外人在旁，怎样能说是要杀害儿子的凭据？娘没了女儿，过在儿子，一时气愤起来，就对儿子说出这些气愤话，不算什么稀罕。儿子便向亲族去胡说乱道，又有什么用着？娘请放心，儿子绝不想暗害我娘，做个忤逆儿子。"

杰民这一番话，却说得云氏暗暗点头：果然自家的主见不甚妥当，看他年纪虽小，向来说话却也一句是单、二句是双，说得出就做得出，他倒算个好孩子。只可惜他是周家的悍妇生出来的，我受那悍妇怨毒，二十年间，没有发泄过一次，心里怨毒到极顶。难得她死了，这孩子落在我手，我无论如何，要在她的孩子身上发泄我胸中怨毒之气。这孩儿只有九岁，若只身去寻找我肉，找得着固好，要是找不着，怕他就有性命回来，也要受尽一番磨折，我的怨气也可填平了。

从来妒妇的心肠极狠，云氏本来藏伤害杰民的心思，蓄之已久，如何容易便回转得来，当下向杰民怒道："只要你怎样说，便怎样办。你能找肉回来，万事全休；若想欺骗老娘，有朝一日，仍叫你这蛋黄子大的小东西认得娘的手段。"说着，便喝令杰民上床睡了。

来日清早，杰民便将亲族带到家中说道："姐姐被和尚拐去，我们母子都哭了个死去活来，我要离家寻找姐姐，娘只苦苦不放我去。请众位老人家在我的娘面前，请我娘当面准许我，我此刻恨不得在这两个小膀子上插起两道翅膀来，马上就找着我姐姐，我才欢喜。"

众亲族听了，尚未回答，云氏却因他的话反把自家说成了个慈母，急忙趁机说道："众位亲族都在厅上，这孩子因他的姐姐不见了，常在我跟前吵闹，要放他去寻找姐姐。我说四面请兵遣将，把天大的平武一县地方都找遍了，只找不着你苦命姐姐回来，没了女儿，如何能放他这年轻小孩子出门，岂不是白送一条小性命，斩断了黄家一脉香烟？宁可叫我死，也不忍放他出门。众亲族多多教训他几句，要顾全先夫一脉。"

众亲族中，内中有个人听了，踟蹰一会儿，向云氏冷笑了笑，将杰民拉到一间静室，背着云氏问道："你继母平时常暗暗地毒打你，逼得你在家里不能安身，这是蒋先生告诉我们的。你也不能对我们隐瞒了，快说快说。"

杰民道："我娘没逼得我不能在家里安身，那是蒋先生因我的娘将他辞去了，怀恨得很，在众位老人家面前乱说娘的坏话。"

那人道："然则你手上还有点儿红肿，不是你的娘打你的吗？"

杰民道："那是我顽皮碰了的伤，不是打伤。如果娘对我心肠毒辣，娘又不在这地方，我何妨在众位老人面前诉说冤苦，请你们给我想个法子呢？"

那人又问道："你要出门找你姐姐，还是你的主意，还是你继母的主意呢？"

杰民道："是我自己的主意，娘只苦苦不放我走，如何乱说我的娘主意呢？我这个姐姐待我的好处，我也说不出。姐姐被和尚拐去，我决意要寻她回来，天可怜我这孩子的苦心，便能同我姐姐再相逢一面，我死了总情愿。"

说到末了这两句话，那眼泪早禁不住从两边小腮鼓上滚下来了。

那人只得将他又带到了厅上来，向云氏道："他这时候想念他姐姐得很，你要好生看管他，他走了岂不麻烦？我们看你这个好儿子比好女儿还好。"

那人说完了，又拉着杰民宽慰了几句，在那里吃了饭，也就散去。

云氏待众人去后，将杰民拉到房内问道："你真想找你姐姐吗？好儿子，你同众亲友在静室里说的话被粉蝶这孩子从窗外窃听得明白，一五一十告诉了我，你真是我的孝心儿子，娘不该惦记你母亲的前仇。今天看你的行径，娘已懊悔过来，你只安心住下，娘以后并不打你。娘只有你们一对儿儿女，女儿已被和尚拐去，你不能再出大乱子了。你疑惑娘的话是假，娘可发誓给你听，你相信吗？"

正说到这里，忽听得外面有人叫道："不好了，不好了！"

要知后事如何，且俟第二回再续。

第二回

阴平道奇人救孝侠
虎泉寺和尚变尼姑

话说云氏猛听得有人叫声："不好了！"接着又吵嚷着："捉强盗！"不由心里惊了一跳，急忙到房门口。忽有一个强盗，相貌非常凶恶，头戴毡笠，身穿武装，面皮如涂了一层黑漆，一部络腮胡须，有三寸多长，张开来和竹兜相似。手里握着一把风飕飕、光闪闪的大刀，迎面闪了进来。

云氏吓得向旁边一躲，悄悄溜出内堂，也咋破喉咙叫道："强盗已到里面来了！"

这声才了，家中的锣声突然大响起来，兼着一阵阵"捉强盗"的声音，真是惊天动地。

这时候，黄家的门前虚掩未关，左邻右舍听得黄家这阵吵嚷，一齐鸣锣兴鼓，早惊动龙安那地方的驻防军队，听得黄家的盗警，立刻啸集二三十人，一个个扛枪舞棍，像似到前线上打仗的一样，飞也似的拥进黄家的门，直入内堂。在云氏房外看有个八九岁的孩子，被捆在床上，那强盗正在房里收拾细软，像似没有看到这些兵卒前来捉他的样子。

众兵卒鼓一噪，一窝蜂拥进来。再看强盗已没有了，连床上被捆的孩子也不见了，众兵卒都相顾错愕。有一个兵卒，似乎觉得有一阵风从他头顶上响了过去。

忽听得屋上有人叫道："大家不用乌乱，看你们不是老子用刀的菜，有缘再会吧！"说完这话以后，便寂无声响。

众兵卒听屋上强盗说的一口北方话，不是本地人氏，这强盗能在人头上飞过去，他的本领可也不小，但大家因为职责攸关，一齐拥到天井，你推着我，我挨着你，谁也不敢争先上屋。又管挨了一会儿，然后鼓一声噪，各取了些搭脚的东西，扒到屋上看时，果然强盗早走得远了，方才缘得下来。

云氏及家中人等知道强盗已去，便由云氏先进到自己房里，看时，大吃一惊，看箱簏都揭破了，计点金珠的损失，约共有四五万。忽然想起杰民来，便又出了房门，问及家中上下人等，都言被强盗绑劫去了，是众兵卒亲眼看见被强盗绑劫去的。

云氏听了这番话，待去寻众兵卒时，要问个确实情形，谁知众兵卒因到黄家没有捉着强盗，明知他们的本领实在敌不过这个做强盗的，但强盗去了，照例还要在左近地方假意踩缉一番，敷衍他们军人的门面。

强盗是踩缉不着，却转到黄家来，由为首的把总向云氏道："那强盗的本领可也厉害，竟将小少爷绑架了去，不是我们没有抱奋勇替奶奶出力，实在这样飞行的强盗，我们没有见过。"旋说旋将那时所见情形向云氏说了。

云氏好生心痛，被强盗绑架去杰民，心里虽然已悔悟杰民是个孝子，比不得从前对他的路数，但杰民非她亲生骨肉，痛一会儿，还可以解释过去，最是那价值四五万的珠宝，忽然被强盗劫去，连带又想起梦玉那个孩子被和尚拐了去，半月以来，还不知是死是活，真比拿刀剜她的肝肠都痛。当下向众兵卒略敷衍一番，众兵卒也就回归营寨。

云氏照例具呈报告官府，无如这强盗来历太大，官府也没法捕缉，就有黄家的亲族，以为杰民被绑架了去，众目昭彰，也就不能诬赖云氏有暗害的行为。云氏见官府方面不能追缉强盗，救脱杰民出险，还有一件最要紧的事，就是梦玉被和尚拐去以后，半月以来，从不脱着人四面寻找，直到现今，也没有丝毫着落。就四面八方散布着寻人招贴，在那招贴上，绘着梦玉、杰民的肖像，如有人得知杰民消息，通风报信，得获回家的，赏银一千两；亲送到门的，加倍酬赠，梦玉的赏额也同杰民一样。以为这样招贴散布出来，杰民已属无望，日久下来，多少还可得到梦玉的一些着落。

谁知经过了好几个月，依然还是个石沉大海，消息全无。

原来杰民那晚在房里，猛看见强盗走了进来，在他头上一摸，便像似昏昏沉沉做了一场大梦。但两眼尚睁着，任凭强盗怎样摆布他，半句也叫不出。

强盗连夜把他带到一座树林深处，替他松了绑，将他唤醒过来，便在他面前一闪，已闪得不知去向了。杰民好生惊讶，心忖：这强盗的行为好古怪，难得他将我绑出来，没有送掉我这条小性命，我正好在外面寻找我的姐姐。心里这么想，便在那地方盘旋走着，忽看见一道黑压压的红墙，走近那红墙内，看有一座寺观，大门开放着，远远露出灯光，似乎那寺里的人还没有睡。又想我姐姐是被和尚拐去的，这寺里住的和尚又住在这种强盗出没的所在，寺门不曾关闭，不待说，这寺里的和尚何尝非强盗一类的人。拐我姐姐那个老和尚，他的心肝也像做强盗的，我何妨进去，或能在这里和尚口中探出拐我姐姐那个老和尚的消息。

本来小孩子心地虽有贤愚，但思想总属简单，他心里有了什么计较，才以为这计较是不错，绝要照这计较做去。杰民大踏步走进寺门，直到佛殿上。那佛像前面，果悬着一盏玻璃灯，下面有个蒲团，却是坐着一个小尼姑，并不是个和尚，用手托着腮，在那里打瞌睡。

杰民不由想到，这和尚寺尚藏有小尼姑，可见里面的和尚绝不是个好和尚，便用手在那小尼姑肩上一拍。

小尼姑拔地便跳起来，向杰民喝道："哪里来的小孩子，怎么半夜间顽皮到我们虎泉寺来？你想偷寺里的大佛吗？"

杰民也喝道："胡说！你赖我做强盗？我怎搬得

这么大的佛？谁叫你偷懒，不关上大门，让我闯进来呢？"

小尼姑忽然转了笑容说道："你不是想偷大佛，到我们寺里来做什么呢？"

杰民道："我来要找和尚的。"

小尼姑道："笑话，我们这虎泉寺的规矩很大，寺里只住尼姑，没有个和尚，你要找和尚，就到和尚寺里去找。"

杰民自己也觉得好笑，这分明是个尼姑的寺院，我却认错了，疑惑寺里住的和尚。

忽然见佛案上放着个签筒，里面有二三十根签条，并案上有香烛，便向小尼姑笑道："我有一件事，要求佛菩萨指示我，请小师父给我点好香烛，我在佛菩萨面前跪下，抽一签看是怎样。"

小尼姑道："你可有香烛钱？"

杰民回说："有的。"

小尼姑道："有香烛钱，你自己去烧香点烛吧。"

杰民道："我身体矮小，够不上神案。"

小尼姑笑道："你身体矮小，够不上点香烛，你看我的身材，比你怎样？你有什么心事，不妨告诉我，我可以替你想个法子，佛菩萨是没有灵验的。"

杰民道："告诉你不妨，只是你们当家师父，可认得怎样身材、怎样胡须、相貌怎样凶恶的人？你肯告诉我，我也肯告诉你。"

小尼姑道："我们这地方没有这种人。"

杰民道："你可能发誓给我听？"

小尼姑道："我们这地方若有这凶恶的人，叫我死后变个蛆虫，尿里尿去，屎里屎去。"

杰民见她发下这种毒誓，想她寺里的尼姑既非歹人，我腹中的事便告诉她，不见得有什么干碍。想着，便将姐姐被和尚拐去，以及今夜被强盗绑来的事向小尼姑说了，却将他继母平日虐待他的种种情形瞒起。

小尼姑道："既然你是被强盗带来的，你想回去吗？明天一早，我请师父派人送你回去。"

杰民道："我不想回去。"

小尼姑道："不想回去，想做什么呢？"

杰民道："我几番想寻我姐姐，只被我的娘将我苦苦拦住。难得被强盗带我出来，我一天不寻着姐姐，我就死在他乡，也不愿回去。"说着，那眼泪如同撒豆子般，流个不住。

小尼姑道："我师父的道力，能知过去未来的，可如同亲眼看见的模样，她在傍晚时候，派我在这里坐着，说："在三更之后，有一个叫黄杰民的孩子到寺里来，他有什么苦情，你不妨将他带来见我。我有这道力，包管他姊弟有相逢机会。'我多久就等你，坐得有些撑持不住了，所以你来的时候，我在这蒲团上打盹，果然是你来了。我带你去见我师父。"

杰民听她这话，喜不自胜地随她走到一间后殿。小尼姑停步说道："外面人都说这后殿里时常兴妖作怪，没有人敢进来，其实这里面是我师父潜修之所，我告诉你，你不能对外面人乱说了一阵。"说着，便将门推按几下。

那两扇门忽然呀地开放了，里面没有灯烛，从星月光辉之下，看见有座神台上塑着一尊大佛。小尼姑将杰民领进来，随手将房门关上，里面却是黑洞洞的，看不见什么了。杰民心想：小尼姑说她师父在里面，何以又看不见有她师父呢？心里正在这么疑惑，那小尼姑不知在神台下几经推按，才一刹那时间，神台自然向后移动二三尺，却从平地上裂出个圆洞来。

小尼姑拉着杰民，向洞门下走着，说："师父就在下面，我引你就去见她。"

一步低似一步，走了数十步，再平行十数步，便见有荧荧的灯光。小尼姑放开了手，将杰民带到一间清洁无尘的房里，只见一个老尼姑，盘膝坐在一张禅床上，垂眉合眼，像似睡着了的模样。床的前边有一张桌子，烧着一支蜡烛，下面有个蒲团，身后放着一个箱子，不知箱子里是什么东西。

小尼姑忙走近一步，跪在蒲团上说道："弟子已将黄杰民带来了。"

老尼姑睁开了眼，光芒四射，向杰民点头道："你是找你姐姐梦玉吗？她现在在我这里，我就要取她的一条小性命。"

杰民听老尼姑劈口说出这种骇人的话，那丝丝眼泪早洒个不住，便向老尼姑问道："你同我姐姐有仇吗？"

老尼姑道："没有仇。"

杰民道："没有仇，如何要她的性命？"

老尼姑道："老僧的道法已有了几分根底，外丹已成，只是内丹不足，想取个聪明有根基的童男或是童女，吃下去补我内丹功夫。你姐姐根基不错，得来正合我补益内丹的用处。"

杰民虽不懂得她什么内丹、外丹的话，但因她话里的意思是要把梦玉姐姐杀了，当点心吃，补益她的

21

身体，这种吃人不吐骨头的尼姑，真是佛门中的地狱种子，同她硬来是不中用，不若向她软说。

看小尼姑已起身站在旁边，便也走近一步，跪在那蒲团上，凄凄的声音向老尼姑哭道："求老师父做做好事，饶恕我姐姐吧！小子做鬼，都报答老师父饶恕我姐姐的大恩。"

老尼姑道："这也容易，老僧只需用杀一个人吃下去，补助内丹，不拘男女，只要有根器的，年纪在十岁上下。看你这孩子天性笃厚，根器也毕竟不同，年纪只是九岁，合得着我修补内丹的功用。你要老僧赦你姐姐不死，你得抵她的缺，杀了你吃下去，一般我也得证大道。你的意思怎样？但我劝你不要糊涂吧。老僧还吃了你姐姐的好，若是吃了你，你家的一脉香烟便断绝了。"

杰民道："我只要顾全我姐姐性命，什么都不顾了。求老师父便杀了我，放我姐姐回去。"

老尼姑便从箱子里抽出一支小剑来，说："你死了不用懊悔。"

杰民道："若有半点儿懊悔，我也不是我姐姐的好兄弟了。"

老尼姑道："好。"即举剑向杰民要搂头砍下。

杰民神色不动，含笑受刑。

老尼姑忽然抽回小剑，仍然藏放在箱子里，一手便将杰民拉起来，满面春风地笑道："好个天性笃厚的孩子，黄燕南乃有此儿，可谓犁牛之子骍且角矣！快起来，老僧是试验你的心肠，果然你姊弟的根基胜寻常人百倍，不枉老僧度救你们一场。性能，快领这位黄少爷去见他的姐姐。"说毕，仍合上了眼。

杰民心想：这老尼姑为人太厉害，在她试验我的时候，稍为有点儿为难的神气，那才给她笑话。便随着小尼姑性能走出来，路间问性能道："我姐姐是几时到虎泉寺的？"

性能道："我不知道，停一些，须仍问你的姐姐。"说着，已来到一处规模较小的房屋。

小尼姑道："这就是你姐姐的住房，你进房去会你姐姐，我还收拾房铺去。"旋说旋转身去了。

杰民走近一步，看那屋门未关，里面尚有灯光，便走进去高声嚷道："姐姐在哪里？在哪里？"

即听房内有梦玉的声音应道："在这里，在这里，我的弟弟，姐姐是在这里。"

杰民这一喜，真是喜从天降，脚上像揩了油似的，飞奔入房。恰好梦玉也从房里走出来，两人撞个满怀。杰民只注视梦玉，梦玉也把一双秋波注视着杰民。两人呆望了一会儿，都像心里有许多要说的话，只不知是从哪一句说起。

还是梦玉先开口道："弟弟到此多时，想必腹中有些饿了，这里有馃子，且吃点儿充饥。"

杰民一面吃着馃子，一面才问梦玉被个和尚拐去，如何落到这地方来。

梦玉道："那并不是个和尚，就是我师父装个和尚，带我来的。我师父说我的根基好，她老人家得收我做徒弟，是她老人家的缘法，我是难舍开兄弟，不愿在虎泉寺里出家。师父便对我说：'要你做我徒弟，并不是叫你落发，是因你的夙根胜人百倍，其成就不可限量，将来必为吾道大放光明，所以带你到虎泉寺来，传授你的道法。'我说：'尚有个小兄弟，弟子不忍同他割舍，我们姊弟生要在一处生，死也要在一处死。'我对师父说这样话，在你看师父是如何回答我？"

要知慧远当时又怎样回答梦玉，且俟第三回再续。

第三回

梦玉女丹房会幼弟
慧远师赤手救娇娃

当下杰民问梦玉道："她是怎样回答姐姐的?"

梦玉道："师父把个指头掐了掐,说:'奇怪,想不到我在龙安,还要收个男徒弟,当在某日某时,你兄弟必来见你。你到那时,只安心等着。他的年纪比你小,将来的成就虽不在你之上,也就不在你之下。你须记取着我的言语。'

"我说:'照师父的意思,我的兄弟将要同我一块儿学习道法。道法是什么东西?学它有什么用着?'

"师父说:'道法是两件东西,道是道,法是法,这时万语千言,不能使你了解,将来不用只字片言,包你自能领悟。比方我掐着三个指头,就知要收你兄弟做徒弟，这就是道；比方我那时容容易易带你到寺中来，这就是法。学道法要先从学剑法入手，我要先传给你们道法，必先传你们的剑法。只是你们道法学成了功，不可轻易用它杀人，并不能轻易对人露出是个道法中人。老僧在道法上也下过二十年的苦功，越望大成，越不能有惊人的进步，外人就有和我呼同一气的人，都说我道行虽有一点儿，本领却很有限，遇事都是与物无争，与人无忤，有谁知我是当代道法中的一位女剑侠？就因这点儿道法，所以凡事都逊让一筹，且安天数，并非与物无争，与人无忤。'

"我听师父的话，也很领会，又向师父说道：'道法我是很愿意学，恰好又和我兄弟同学，只是我又撇不开我的娘。我在这里学道法，不知我的娘是怎样想我。'

"师父听了笑道：'学道法的人虽有抛妻撇子，却少有抛父撇母的，父母都可以不顾，这道法便学成了，根本上终觉见缺。无如你的娘对你这兄弟手段太毒辣了，纵然能懊悔过来，也不应该常享有儿女之福，勉强必招鬼神之忌，在她身上必有危险。非是老僧要你抛撇了娘，但不抛撇，使她有生死危险，你又何必不顾全你娘的性命，拘守这种死题目呢？等待你

可以会见你娘的时候，我总可以放你们回去.'

"我虽听师父这般说，但终觉我的娘不能便离开我，仿佛娘不见了我，要在家里哭泣。但师父的吩咐，不敢违拗，且细细咀嚼师父的话，又像煞大有道理。好兄弟，现在娘是怎样？我只记取师父说你在今夜前来的话，果然等得你前来了。这几天娘可打你？来时娘可知道，你是怎样来的？"

杰民道："娘自然想念姐姐得很，但也没法使你转回家来。"旋说旋将他继母因要用剪刀杀他，被他说软了心，不想今夜有个强盗，闯到他家中去，将他捆起来，又翻箱倒箧，劫去许多金珠，便将他带到这寺外树林深处抛弃了，强盗便不见踪迹。他是如何到虎泉寺来，如何被性能带到这种地方见过慧远，如何试验他的性情，如何慧远叫性能带来和姐姐相会的话，子午卯酉，向梦玉说了一阵。

梦玉道："像我家那些金珠宝物，藏在箱子里，毫无用处，强盗便盗取几个，也不为过分。不过这强盗太鹘突、太古怪了，明天我们去问师父，她老人家的道力很大，想必是知道的。"

姊弟又倾谈多时，正说不尽许多欢喜与悲哀，便见性能走来说道："床铺已收拾好了，请小少爷到那里安歇。"

杰民便又随性能到一间房里，待性能去了，和衣睡歇一夜。次日方才起身，梦玉来了，便同杰民一起到慧远的丹房来，却好慧远已出去了。

杰民道："我昨夜看师父从床上这只箱子里取出一支小剑，我眼里还是初次望见过这样小剑。现在师父不在房中，箱子又没有锁，我们且取出那支小剑看一看，师父说要传授剑法，大略就是这剑的剑法。"

梦玉道："师父虽说传授剑法，但我来了十多日，师父并未传授什么剑法。箱子里既有宝剑，何妨就取出来细看个明白。"

杰民姊弟两人便趴到禅床上，揭开箱子一看，里面有一个假面具、一具假胡须、一顶毡笠、一套武装、一把风飕飕寒闪闪的大刀，大刀旁边放着两支小剑、一个布包。梦玉看这两支小剑，不若那把刀光芒四射，不是造成剑的模型，几认为两块顽铁。

杰民却转了注意在两支小剑上，仔细看着那把刀、武装、毡笠、假面具、假胡须，倒愕住了，心想：这昨夜那个强盗，不是这样的脸面、这样的胡须，用的是这把刀，穿的这样衣装，戴的这样帽子吗？旋想旋解开布包，里面金珠玛瑙都放出宝光来，这分明都是他家藏的宝物，落眼绝不会走错，不由惊讶起来，向梦玉嚷道："那个强盗，敢是被我们的师父杀了？喏喏，这是强盗的刀，这是强盗的帽子，这是强盗的衣裳，这是强盗挂的胡须，这是强盗戴的鬼脸，这黄的是金，这白的是珠，红的是玛瑙，都是我家的东西，落到强盗腰包里，一般也被师父搜取得来了。"

梦玉尚未回答，忽然有人在外面佯咳一声，便见慧远老尼姑走进来笑道："你们偷到我禅床上，敢是想偷了我箱子里东西吗？"

吓得杰民姊弟两人下得床来，向慧远面前一跪。

慧远拉起他们两人说道："这地方非经我吩咐，岂是你们可以随便到的？这是第一次，可以从宽饶恕，下次再敢擅行进出，就要仔细你们的两腿。"

说着，便到床前，在箱子里搜检一番，转来问杰民道："箱子里东西都看见了吗？在你的意思，打算穿着那样衣装、戴着那样假面具的强盗，是个什么人呢？"

杰民回说："不知。"

慧远笑了笑，便从桌案一个抽屉里取出一双铁底靴子，里面用棉絮塞着，穿在脚上，居然像男子汉一

29

双大脚，头上顶起那顶毡笠，面上戴起那副假面具，身上穿着那套武装，手里握着那把风飕飕光闪闪的大刀，向杰民笑了笑道："你想这强盗果是谁呀？"

杰民不由恍然醒悟，也笑起来说道："原来是师父偷起徒弟家中的东西来了。我说是什么强盗，竟是这么跷蹊古怪，谁知还是师父玩的把戏。"

慧远也笑道："我并不需这些东西使用，但盗一点儿来，存放在我这地方，留待你们将来的用度。"

杰民姊弟也不细审慧远话里的意思：将来他们决然要这些金珠宝物用度。接着慧远换了衣装，锁好了箱子，便向他们姊弟两人说道："你们且回房去，夜间我们同道中人要在我这地方公开会议，那时自由性能招呼你们前来。待开过大会以后，我传给你们剑法。"

梦玉、杰民都连声应诺，由梦玉拉杰民回到她的房中，姊弟倾谈一阵。饿时便由性能送上饭菜，虽是些山肴野菜，但吃来也很觉可口。

晚间杰民在吃饭时间，问起性能的家世，是几时到虎泉寺的。

性能道："已是三个月了，我本姓张，乳名唤作凤保，是个成都人氏，今年是十二岁。太老爹是有名的英雄，单名一个彪字，绰号唤作飞天鹞子，两年前死了。阿爷也会一点儿把式，喜在成都那地方打抱不平，很做了多少杀人案子，被官里捉去砍了头。我三岁便没有娘，又没有同胞兄弟姊妹，阿爷砍头以后，真是雪上加霜。被我太老爷一个徒弟，唤作三脚猫严脑，将我拐出来，变卖在一个姓钱的人家做丫头。他家里那个大太太心肠很毒辣，每天必打我十来次，都是关起门来，用皮鞭子打，打起来不许我叫喊，只要叫喊了一声，她便用滚烫的开水浇我，比打我还难当。我被她打烫得寸骨寸伤，睡在地上不能动弹，茶饭也不想吃。尽管我不能动弹，也要逼着我勉强挣扎，给她烹茶捶腿，并且还不许我在人面前露出挨了打的样子。茶开了她又嫌烫嘴，冷了又嫌吃下去要害肚痛；捶腿捶得轻了些，她说我没气力，重了些又说要捶断她的筋骨；稍微违拂她的意思，便打也要打个晕，烫也要烫个半死。

　　"这晚我被她实在打得难受了，暗想：做人做到我这个样子，连畜生都不如，除了挨打受罪而外，还有什么好处？左思右想，实在没法脱离火坑，只得趁她家里人都睡了的时候，悄悄溜出来，打算投河寻死。谁料被寻更的拿住了，一面大声呼唤，一面把我拖到大太太房里来。

"大太太这一气，真非同小可，说我有意害她家遭人命官司，立刻将我按在地下，这一顿皮鞭子，只打得皮开肉破，鲜血直流。我一声也不敢叫喊，打算她打一会儿，有些疲困下来，才不该再打了。谁知那大太太真是我的对头星，她打得我疲困了，又端来半杯盐卤，用鸡毛撒在我血肉模糊受伤的地方。我只痛了个死去活来，只剩有奄奄一息了，大太太才叫人将我扶起来，让我将息将息。好容易将息了一月，才将这伤势将息得有些好起来。

"这天，忽有个游方老和尚到钱家来化缘，大太太生平顶可恶的是和尚、道士，但听看门的小厮说这老和尚手里捧了个铁钵盂，大得骇人，不化是不行。大太太没奈何，叫小厮拿五十文大钱送给和尚。

"一会儿，小厮来说：'把这五十文大钱放在老和尚的铁钵盂里，老和尚向铁钵盂里一吹，吹得那五十文大钱飞舞起来，散落了满地。老和尚用两个手指把铁钵盂高高举过头顶，说："谁稀罕这几十文钱，修补老僧的五脏庙，要化就化给一两银子，少一分不行，还要你家大太太亲自送来。再则，就使她房里的小丫鬟把银子放在老僧这铁钵盂内，足见她不把老僧

32

当作普通乞丐的人看待，别人送来也不行。'"

"大太太听小厮是这样说，心里虽气愤得很，但明白这老和尚须不是好惹的，似乎听得有人敲着个铁钵盂，敲得铿铿地响。大太太吓得什么似的，随手在身边摸出两块银饼，约有一两多重，塞在我手里说道：'快拿去化给他，省得他到后面来捣乱一阵。'

"我拈着两块银饼，才走出房来，即见老和尚把大铁钵盂仰放在头上，向我笑道：'你的罪也受够了，还不跟着我来？'

"我看老和尚似乎在五年前曾到我家化缘，欲化我做徒弟，似乎被我父亲拒绝了的。当时我见老和尚心里好不欢喜，老和尚便向我招招手，不知怎的，我的脚步同老和尚一样跑得飞快，老和尚头上顶的大钵盂却一动也不动。

"出了姓钱的人家，跑有三四里，老和尚便随身取出一套僧衣给我换过。后面似乎有人追赶，老和尚便又带着我飞跑，那些人只追赶不上。

"老和尚连夜便把我带到这地方来，收我做徒弟。他说：'你夙根极好，夙孽极重，非换了僧服，剃去头发，不足消弭前生的罪孽。待到你的罪孽消除了，才是你学剑学道的时候。'

33

"我拜老和尚为师只三个月，每日除行些方便事而外，专在寺里听老和尚的吩咐。老和尚便是此刻你我的师父。"

　　杰民道："师父是个尼姑，你怎说师父是个老和尚呢？"

　　梦玉道："师父从龙安带我到虎泉寺来，不是也装着一个老和尚吗？"

　　正说到这里，忽然看见窗前有道电光一闪，杰民姊弟都惊得放下饭碗，问是什么。

　　性能道："今夜师父丹房里很是热闹，好在师父预先招呼我，带你们姊弟去见识见识。不过你们言语举动间，怕不懂得礼节，我们只可先站立师父背后，非经师父命下，不得妄言妄动。"

　　杰民姊弟都说了声："领会得！"一齐走到慧远的丹房，看丹房里的陈设，忽然变更了，当中一张方桌、两把椅子，两边都排列着许多椅凳。

　　慧远同一个年老的贫婆对面坐着谈，性能同梦玉、杰民都站在慧远的背后。

　　却听慧远向那老贫婆说道："吴太太，我有件事，要问吴太太，听说山西狄龙骏新收好几个徒弟，毕竟是哪几个？"

吴太太道："这个我知道很详细。由他大徒弟癞痢头道人引进太华山邢柱，在他门下做了第六名徒弟，河南吕宁在他门下做了第七名徒弟，又由邢柱、吕宁引进芒砀山彭林，做他门下第八名徒弟，熊耳山苗奎做他第九名徒弟，花明是第十名徒弟，沈刚是第十一名徒弟，毛霸是十二名徒弟，这几个人都由邢柱、吕宁二人引进（衔接《江湖历险记》中文字，不用铺张而表情自现，以下仿此）。"

慧远道："奇呀！会使三元会邪术的人，也会投入狄老的门下吗？"

吴太太道："彭林虽是三元会佟元的徒弟，在佟元未死以前，很鄙薄佟元的为人，向来没用三元会的邪术轻易伤害人性命，同太华山邢柱有点儿情面。邢柱使用乾坤镜诛杀佟元，报了大仇，曾同吕宁路过芒砀山，被彭林苦苦款留二日，叵耐那彭林很有心胸，他说三元会邪法厉害得了不得，若借用邪术，在江湖上混，即令国法不能奈何他，天理也怕容他不得，自愿改邪归正，学习气功，只恨没有相当的师父。却被邢柱二人记在心里，辞了彭林，又到十虎村见过苗奎一干强盗，那些强盗的心胸实在高人一等，都在邢柱、吕宁两人前艳羡他们将来投入狄老门下，成就不可限量，所以邢柱、吕宁到绵山缴还了乾坤镜，由癞痢头道人引进，拜在狄龙骏门下，随后他们两人又将彭林、苗奎一干人等，向狄龙骏介绍了。不料狄龙骏初时不敢贸然承认，几经审查，几经试验，才准许邢柱、吕宁的请求，由他们引进，便收容彭林、苗奎诸人在门墙之下了。"

慧远又想起一件事来，要问吴太太。

毕竟是什么事，且俟第四回再续。

第四回

听凶耗英雄落泪
谈数命国士灰心

　　话说慧远又向吴太太问道："宋雅宜这个孩子，现在何处呢？她不是由柳舜英带到绵山去了吗？"

　　吴太太尚未及回答，忽然一道金光在屋外一闪，便见慧远同吴太太站起身来，齐声说是桂仙祠女道学来了。接着便有一个年老的道姑飘然进来，两眼闪闪摇动，向梦玉、杰民望了望，便同慧远及吴太太各见了礼，坐下来便指着梦玉、杰民向慧远问道："这两个孩子很不错，可是慧师兄的高足吗？"

　　慧远掉转脸向梦玉、杰民喝道："两位师太在这里，快同性能过来见礼。笑话，我同吴太太谈心，几忘记你们站在我的背后，直待悟师太指示才明白，我心里很惭愧。"

梦玉、杰民、性能便走过来，向吴太太、老道姑各见了礼。

慧远道："这是安徽黟山吴太太，这是鸡足山桂仙祠悟师太，法号上悟下因，小子们得拜识前辈太太慈颜，是很不容易的。"

吴太太也向梦玉、杰民、性能都望了望，问梦玉、杰民的来历。向悟因笑道："性能可以小就，但这两个孩子，将来可望大成。慧师好生扶持，不可令他们迷失来时道路。"

慧远道："愿受吴太太教训。"

旋说旋向梦玉三人说道："你们的年纪很小，讲到公开大会，本不必令你们与闻，所以容你们站在我背后，叫你们认识前辈或平辈同道中人的面貌。此刻只有吴太太、悟师太两人，你们都已拜识过了，停会儿他们齐集到此地，等开过了大会，我给你们一一引见，好生记取，不可遗忘。"说罢，一挥手，叫梦玉三人仍站在她的背后。

悟因又向慧远、吴太太说道："听说令郎小乙已娶了亲，就是落峰山烈士苏光祖妹子苏玉瑛，贫道本当在今夜补送吴太太的贺礼，但贫道近来也收个小徒弟，吴太太也该给贫道贺喜。哈哈！同是自家人，不要讲客气。在慧师看，我们的贺礼，还是两免了吧，正用不着循习往来应酬的俗套。"

吴太太未及回话，慧远道："你说这样话，是要贫僧补给你们两份的贺礼，但贫僧也收两个小徒，论理你们也该补贺，就依悟师太的话，同是自家人，不要讲客气，正用不着循习往来应酬的俗套。"

吴太太道："此刻会场中人才到我们三个，我要趁此时间问悟师太，你收我内侄做徒弟，在你已破了牢不可破的习例，怎么你又收一个徒弟？这孩子是哪里的人，资质比杰民姊弟怎样？"

悟因道："李鼎是贫道的男徒弟，这孩子是贫道的女徒弟，资质倒看得去。若较杰民姊弟，各有各的长处，各有各的短处，要看他们将来成功怎样，此时贫道正不敢妄为轩轾。这孩子便是李鼎的未经完娶的妻子，须俟玉兰终丧以后，贫道才令他们证成了眷属。"

吴太太道："这孩子敢是青龙关鲤鱼堡宋铎的女儿宋雅宜吗？她是怎的到你门下，做你徒弟的？"

慧远也说道："贫僧也因雅宜的消息不明，想起来有些放心不下，方才正要问吴太太，不料悟师太前来，把吴太太的话打断了。原来吴太太也不明白呢。"

吴太太道："我未尝不明白一二，只不能详细明白。慧师太，请听她说是怎样。"

悟因道："雅宜在茅山石洞。吴太太不是对狄老说，要求狄老差遣柳舜英带着星胆、璇姑的乾坤镜，到茅山石洞来，帮助雅宜，用乾坤镜破坏张义的邪法，使雅宜给玉兰报雪冤仇吗？雅宜报仇以后，由舜英将乾坤镜交给吕宁，托吕宁转交邢柱，待邢柱杀了佟元，这乾坤镜却要他们两人仍送到绵山。舜英交过了乾坤镜，便带雅宜回到绵山，雅宜拜谢过狄老的大恩，和星胆、光燮、璇姑三人也相见了。狄老原意想收雅宜在他门下，但因雅宜的意思，不忍离开她的父母，想起玉兰生时对她的恩典，并要侍奉穆太太的晨夕，好替穆玉兰尽全孝道。但狄老不愿违拂她的意思，着令璇姑将她送到剑门山竹林寺真如道兄那里，璇姑便回山复命去了。

"雅宜见过她父母并真道兄，禀明自己的志愿，真道兄便着人将雅宜及她父母送到罗珉山，并侍奉穆太太的晨夕。

"穆太太听玉兰殉烈而死，哭晕过好几次，幸雅宜能替玉兰尽全孝道，如侍养她生身父母一样，如玉兰生时对穆太太一样。穆太太便收雅宜做义女，要实践玉兰的遗言，想给雅宜做媒，嫁给李鼎，填补玉兰的缺。恰好李鼎到罗珉山看望穆太太，听得玉兰的凶耗，只哭得一佛出世、二佛升天，立誓不愿再娶，经穆太太几番诉说玉兰的遗志，仍要李鼎做她的女婿。李鼎如何肯答应？

"穆太太又派人到桂仙祠，请我出来做媒，不知经许多筹划，费许多唇舌，李鼎仍然不答应，苦得我们没有法想。还是剑门山真如师太出来，用她的法术，在李鼎跟前把穆玉兰的魂灵显出来，由玉兰的魂灵向他说出一篇道理话，用村学究责备蒙童的神气责备李鼎，李鼎才流泪拜受。

"李、宋的姻缘，名义已经订定了，李鼎也回到罗珉山住，回想玉兰二年之约，更使他凄然心痛。贫道因李鼎也要给玉兰代全孝道，不愿离开穆太太左右，贫道在势又不能使他荒芜旧业，只得夜间抽出工夫来，在罗珉山往教。却因雅宜这孩子的根器也看得去，也就拉拢她在我门下，略学一些本领。凭良心说一句，若论现在，雅宜在狄老门下，不及在我门下；若论将来，她在我门下，殊又不及在狄老门下，但我不能强迫她的志愿，使她仍到绵山，在狄老跟前练习。"

吴太太听到这里，说道："师徒总该要有缘分，有缘不可推辞，无缘亦不能勉强。但我看狄龙骏在这时候，虽未闻道法，大器晚成，将来非我们敢望项背。"

慧远道："狄老将来虽无缘得闻三峰嫡派的道法，但卓然别成一家老祖，诚非我们所及。不然，柳舜英的根基也不错，既入我门下，我肯把那样有资质的徒弟让给了他吗?"

他们说着这些话，性能尚能知道一二，而在梦玉、杰民听了，正如小沙弥看了丈八和尚，只摸不着半点儿头脑。但两人的记忆力甚强，能将这些话深深浸入脑海。

又听吴太太向悟因笑道："可笑我家那个傻瓜，他有什么根底，也要同他的媳妇到会场来见识见识，大约停会儿要到会场上出乖露丑。不识李鼎同雅宜是否前来，最好他们也该到会场签了名，不枉投在师太门下一场。"

悟因道："来是自然要来的，大略由剑门山真师太带领他们前来。"

慧远道："绵山狄老该要早来了，他向来做事，

42

不肯落在人后，大约他也要带着他门下的徒弟前来，所以来得迟了些。"

才说完了，又见空中电光一闪。

悟因道："不是狄龙骏来了吗？我们幸没有说他的坏话。"

"话"字刚刚出口，却见是一个醉汉，扶着个武装貌美的女子走进来，便嘻天哈地地笑道："你们来得好早呀！这会场是很热闹，肯携带携带我吴小乙，想不妨事。"

吴太太忙向小乙喝道："这是什么所在，容得你大惊小怪！你可又灌了黄汤，连眼睛都红了，快同你媳妇站我背后去，休得再这么咆哮无礼，使我两位师伯母笑我太没有家法。"

小乙只得把舌头一伸，拉着玉瑛，站在吴太太背后，又用两个手指，似乎要挖玉瑛的屁眼，望着杰民三人，逗引他们嬉笑。三人都把头一低，不去理他。

刹那间，又见从门外飘进两个人来，是一男一女。男子已有二十开外，相貌虽然俊美，但神态却甚凄怆；女子看去约莫十八九龄，柳眉敛怨，黛深凝香，表现出儿女英雄一种愁态美。两人先向慧远见礼，然后又向吴太太、悟因见礼。

吴太太向那女子望了望，又向那男子说道："雅宜姑娘还好，无怪穆太太使鼎儿订定了这段良缘。"

吴太太话说完了，李鼎同雅宜都站立悟因的背后，各用手擦摸着眼泪，却被慧远看在眼里，向吴太太道："穆小姐也算生荣死哀，贫道想起她的结局，倒也无泪可挥了。"

忽然吴太太嚷道："竹林寺真师太来了！"

果然有个年纪在五十开外的老尼姑，后面跟着两个女子走进来。那两个女子，一个十六七，一个十一二。

那尼姑正是剑门山竹林寺真如，指着那年纪小些儿的女子说道："这是小徒富梅姑，是杏姑、菊姑的妹子，也同穆玉兰是一娘所产。"

又指着那年纪大些儿的女子说道："这是小徒卞爱凤，是卞洽阳知府的女儿，由亡徒王绣鸾引进她投在贫僧门下。这两个小孩子也得预闻大会，算她们的造化。"说着，便由慧远三人请她坐下来。

梅姑、爱凤对慧远三人行过了礼，也就在她师父背后站定。

这时候，猛听得房外履声大作，夹着一个很苍老的声音说："狄某来迟，劳四位师太久候了，幸勿

44

见怪!"

语声才毕，即见一个须眉皓白的老叟，领着男女十三个人，鱼贯也似的走进来。那十三个当中，形形式式，俊丑各有不同。有一个五十来岁的道人，秃头上缠起一裹青布来。各人都见了礼。

吴太太向那老叟笑道："可见狄老门下，英才济济，只听说你共收十二个徒弟，于今却是十三个了。像我就无缘得收个可以传我衣钵的徒弟。"

狄龙骏笑道："吴太太这是不肯轻易接近尘俗，若破例肯收徒弟，此刻吴太太门下的人怕不已传遍安徽一省吗？兄弟至今也只收十二个徒弟，除去癫痫头、柳星胆、方光爕兄妹，及邢柱、吕宁诸人而外，其余都是挂名，尚未卜告祖师，实行传授他们的本领。末了进来的一个，是兄弟的徒孙，叫作神眼彪袁寿山。这后生也很有眼力，很有肝胆，所以也带他来观光观光。"

狄龙骏说了这些话，随便坐下，他的随行十二个徒弟，如癫痫头道人，如柳星胆，如方光爕，如方璇姑，如柳舜英，如邢柱，如吕宁，如彭林、苗奎、花明、沈刚、毛霸，并同苗奎的徒弟袁寿山，也都站立在狄龙骏背后。

当由慧远、吴太太、悟因三人，因狄龙骏是三峰祖师的门下，推定他首席，坐在正中一把椅子上。狄龙骏屡经峻辞，叵耐她们都苦苦推崇，没奈何，只得坐下。

吴太太和悟因都已分坐，慧远却坐了主位，各人经过各人的师父命下，也就一排一排地列坐下来。杰民姊弟身体又小，坐在慧远背后，座上诸人因会务忙碌，多半没有关心他们这两个不关紧要的人物。慧远命人献上茶果，大家略吃些，尽他们的意思。

当时万籁沉寂，唯见狄龙骏沉着那喉咙说道："前者铁血团已死的同志诸君，怀抱国仇主义，竟至流血以死，赍恨以没。本来我们华种人子孙，谁也不愿做天长地久的奴隶，不把这山河弄得破坏支离，也断没有建设的日子。论清廷的人物，大半是醉生梦死，至于那些老弱残兵，更非我们敌手。不过清朝的蘖运正隆，凡是发难揭竿者，人才非不英勇，兵力非不精强，谋划非不周到，如若恢复这大好山河，势如破竹，而终致一败涂地，竟没有一个侥幸成功。在略通一点儿物理的人，总该知道'蘖运'两字势利，大得匪夷所思，虫鱼草木，都各有其蘖，清朝的蘖运，更非偶然的事。狄某自愧未闻道法，不敢倡言天数，

46

但据推测上得来，若言革命成功，还在百年以后，我们在这时候，只抱定拯救同胞的主义，暗暗传播些革命种子，洵至世代相传，生生不已，革命种子遍天下，那时清朝的孽运渐消，欲扭转这乾坤，直如反掌。狄某明知这话出了口，在座诸君必有疑及狄某畏势贪生，不肯继承先烈遗志，再举义旗，甚有骂狄某为凉血的，狄某也在所不计。"

接着，真如又起身说道："天运卜数诸字，虽然有凭，有时亦无凭。就因天下人心，不能挽回这无可奈何的数命。清朝入关，出其毒如猛虎、黠如狡兔的手腕，在先知先觉的革命人杰，早已望穿贼人之胆，而在一班醉生梦死的民众，还以为清朝替我们平治天下，都感激他圣德如天，一瓣心香，早视满人为神圣不可侵犯。人心如此，虽有少数先知先觉的革命人杰，如何能挽回数命呢？这是一件很痛心疾首的事。贫僧此时方寸已乱，一切均听首座主宰。"

悟因道："拯救同胞，暗暗传播革命种子的话，最是颠扑不破。但狄老言清朝人物，大半醉生梦死，盖指一种尸居高位的官吏而言，请诸君不用错认。做清朝官吏的人，未必尽是蟊贼；不做清朝官吏的人，未必尽是圣贤。总之要看他立志在什么地方就是了。

我们只抱拯救同胞，暗暗传播革命种子的主义，成功不计目前，也许在百年以后。若在此时，想专凭血气之勇，支离破坏，视人命为草芥，革命人物将死亡靡尽，更有谁来传播革命主义，以挽此无可奈何之孽运欤？"

慧远道："诸君多以贫道向来与物无争，与人无忤，盖非真属贫道知己。贫道特约诸君届期赴会，议决此事，却也另有一个缘故。"

毕竟是什么缘故，且俟下回再续。

第五回

小侠客石洞拜师
癫道人禅园讨剑

　　话说慧远正色向下说道："秘密运动革命进展，传播革命种子，不宜锋芒外露，使人轻易看出本来面目，于革命前途发生偌大的障碍。最好平心静气，革除一种龙拿虎掷的恶习，出处行藏，都不求惊人骇俗，而中心主宰，始终为革命在黑暗的前途中，预谋放大光明，才是革命先声的主干人物。贫僧久怀此志，所以敛迹含光，不恃怒气，诸君若疑贫僧是与物无争，与人无忤，岂是贫僧的知己？今贫僧欲有进言于诸君者，是在隐微之处，对于秘密运动革命前程，传播革命种子，却不可一刻停止进行，而在表面上，仍宜混俗和光，不容丝毫显出自家的行径来。愿诸君

49

三思。"

狄龙骏道："慧师的名言，独有心得，令我无比向往。凡我门下的后生小子，宜饮诸肺腑，这确是你们暴动者一剂良药。"

吴太太也说道："慧师太不愧为阴平道上一尊大佛，对于谋益革命的筹虑，精明强练，果是名下无虚。"

真如、悟因都齐声说道："狄老之言有决断，慧师太之言能实行，都算得革命中有主义、有定性的人物。玉兰诸人若饱闻二公议论，变化气质，他们生死尚未可预卜，却该他们做革命的流血的人物，这也是凡事难逃得个天数。"

慧远道："变化气质的话，谈何容易？玉兰诸人，其平时所受激刺过深，你想遏止她，却断乎遏止不住。不然，贫僧岂有束手待视他们就死的道理？现在莫谓满洲无人，须知他们的孽运正隆，你有十分能耐去反对他们，必产出十一分能耐的人帮助他们来对待你。天下之大，亿兆万人之众，你有限几个人去对待他，那有什么用着？所以狄老传播革命种子的秘密运动，这是我们着手第一的办法。诸君只取狄老伟论行事，不可枉自暴动，自取败亡，个人的生死祸患还小，恐怕满洲人觉得我们中国的人心，还未完全死尽。由此钳制我们，我们的法子愈精，虐待我们的手段亦愈加毒辣，反于将来革命前程大有障碍。"

大家公同议定，由首席狄龙骏发下命令，从此勠力同心，照着这决议的宗旨行事，立下誓书，各人在誓书上签了押。

就中李鼎、爱凤、梅姑三人，在先听狄龙骏那种议论，理由未尝没有可信，但仍以狄龙骏是虚度苟安。梅姑更是小孩子性格，真暗暗骂狄龙骏凉血，算不得革命的人物。及听慧远的语调，不由在刹那间都开了智慧之花，把从前的一种龙拿虎掷之气挫息了一大半，才信得狄龙骏并非凉血，是个有涵养、有作为的革命人物，只得随众在誓书签押。

誓书在押前焚化了，慧远又命梦玉、杰民、性能三人拜识诸前辈或同辈的人物。众人看梦玉、杰民的神气骨骼，都期望他们将来是个了不得的人物。

大会已经闭幕，众人也就各回山寺，以后便照着这夜会议的宗旨行事，各用其秘密运动手段，暗暗传播革命思想。结果也养成不少的革命种子，却为近代革命诸公的嚆矢。只是这种事，系填补《红颜铁血记》及《江湖历险记》书中的事实，不得不在这地方告一段落，但同这部《双剑缔姻记》中，没有多大的关系，只得割爱将此事的结局从简略过。并且在会众同志，将来道法上的成就，在本书中只虚写一笔，填实了转觉乏味。

在下写这部《双剑缔姻记》的文字，是用梦玉、杰民作本书的线索，书中的主角就是《小侠诛仇记》的擅场人物，柳星胆和方璇姑的姻事，在《小侠诛仇记》中，早已预伏一笔，在下因写《红颜铁血记》及《江湖历险记》的文字，却将这件事虚空搁起，于今要写到他们缔姻的事实上去。但天下有情人终成眷属，殊非易易，其中难免横起波澜，情海中陡生旋涡，要经许多的困难，费许多的手续，终之缔结良缘，方算有价值的美满眷属。要写星胆、璇姑的缔姻的事，就中要请出许多的陪客，如悟因门下的李鼎、宋雅宜，如星胆的内兄方光燮和他妹子舜英，凡此不可枚举。梦玉、杰民也是陪客中的两人，如今一条线索，仍先在他们两人身上写起。接连牵到双剑缔姻的正文上去，却仍在这条线索，为本书告一结束。

请阅者诸君少安毋躁，给在下慢慢叙来。本书二十回，总有剪裁，断不致喧宾夺主，胡乱将这支笔野了下去。

且说慧远那夜从狄龙骏一众人物去后，便再从那箱子里取出两支小剑来，说："这两支剑是一阴一阳，阳剑名为青锋，阴剑名为秋月，系我从绵山星胆、璇姑那里借来，并已通过了狄老。现在星胆、璇姑的剑法大有进境，不论用什么剑，哪怕就是一块顽铁，只要他们运用精气神的剑功，运注在剑上，便能飞斩人头，无异探囊取物。不过非此两支剑，不能奈何罩门中人。自从空岩和尚一辈子人就戮以后，江湖上练习罩门功的人，看来已无噍类，这两支剑他们暂时是用不着，我借来给你们应用，看你们的根器，用这种剑练习，转比较用其他的剑练得容易些。六个月以后，你们的剑法成绩，虽及不上星胆、璇姑，只要你们苦心专练，普通练剑法的人，怕终不是你们的对手。"

　　杰民听了问道："他们既用不着这两支剑，师父正好讨来，借剑终要还给他们的。"

　　慧远道："我何尝说他们用不着？不过暂时是用不着。"

　　梦玉道："他们什么时候要用呢？"

　　慧远道："只隔二年期间，他们便要这两支剑了。我只借六个月，便还给他们，不耽搁他们的事。"

　　梦玉、杰民同时问道："他们为什么在二年后，用到这两支剑呢?"

慧远道:"看你们姊弟两人,心志专一,就将这缘故告诉你们,料也不致分了你们学剑的心神。当日狄老将这两支剑分给他们两人练习,已在这两支剑上替他们订立了婚姻。无如星胆因父死心丧二年六个月,璇姑也因星胆父死心丧二年六个月,却又因她父亲方继武有两年六个月的血丧,共是心丧五年,所以他们成婚时期,要在五年后。如今已过三年了,为期只有二年,便是他们两人成婚的时候。他们由这两支剑订立婚姻,将来到了时期,自然要这两支剑证成婚礼,所以我不能讨取,只得借来一用。六个月后,我再拿别种剑来给你们练习。"

说完这话,忽然慧远叫了声:"奇怪!"

便见有一道金光、一道白光,从桌上飞舞起来。看那金光中有一个剑叟,白光中有一个剑婆,金光、白光只一碰,剑婆、剑叟都同时不见,两道剑光早缠绕一处,飞射出门,倏然间已不知去向。

梦玉、杰民都有些吃惊,慧远忙镇定了心神,掐着三个指头算了算,道:"是我错了,你们是姊弟,不该借阴阳剑来给你们应用。这两支剑有质有神,质则专假练习功夫,神则专赖人灵感作用。这两支剑既能变质通神，他们已有了明主，岂肯随便再给人应用的道理？"

梦玉、杰民两人尚解不出他们师父话里的意思，接着慧远又取出普通人认为的宝剑，他们看似寻常的两支剑来，由梦玉、杰民行过拜师的大礼，慧远便先教他们一种的剑法。

当夜两人各回自己丹房，每日却由慧远来指示他们的剑法。

光阴易逝，乌沉兔逝，转瞬已将近二年的工夫，梦玉、杰民的剑法都有了几分根底了。慧远继续教着他们一些吐纳的功夫，不在话下。

却好这一天，狄龙骏差癫痢头印昙到虎泉寺来，给星胆、璇姑讨取青锋、秋月剑。慧远道："这两支剑本由贫尼约定借用六个月，仍然交还原主。不意在那夜公开大会以后，已自由自性回奔绵山去了。"旋说旋将那时的情形向癫痢头印昙说了。

癫痢头道："师太是什么话？如果两支剑已自由自性地归还原主，敝家师还着晚辈前来讨取吗？"

慧远听了，这才错愕不小，口里却说道："我分明算准这两支剑已回去了，我哪有赖剑不还的道理？"

癫痢头道人道："敝家师也因这两支剑在一年以

55

前自然由师太还给柳、方两人了，昨天星胆却问师父，青锋剑可由师太送给师父没有。师父说是没有。又将璇姑唤来问时，原来那秋月剑也不曾是给璇姑。师父想师太并非轻诺寡信之人，本来师太当日要讨这两支剑，何必言借；借了这两支剑，也断没有不还的道理。这两支剑若仍归我师父所有，师太就不言讨来，师父亦必送给师太。无如这两支剑所有权不在师父，并关系方、柳两人的婚姻，所以看这两支剑没有由师太送来，事关重要，并非疑师太不肯交还，实在怕这两支剑已被我们的仇人盗窃了去，这事就有些辣手了。所以不得不令晚辈前来，向师太问明白。"

慧远听了讶道："谁有这么大的本领，敢到我丹房里盗剑？从实说一句，我的法力不是寻常人好欺赖的；说到我这道力，大略这时候你师父也还明白，我当初曾算得这两口剑是由洞中出去，回到绵山，一点儿也不错，难道在半途间被人劐劫去吗？"旋说旋紧闭双目，心问口、口问心地掐着指头又仔细算了一会儿，很从容说道："不错，是有人在半途间劐劫去的。"

癞痢头道人道："师太看是被谁人劐劫去呢？"

慧远笑道："我的道力只有这点儿推测，果能处处算准，我就是个活神仙了。但我终算得这两支剑须仍还故主，不能用我们出马。对不起，你回去将我的话答复你师父，你师父自然知我不是赖剑不还的人，我的人格并非不值一物。"

癞痢头道人道："师太这是哪里的话？师父断没有这样心肠，疑惑师太将这两支剑隐藏起来，晚辈就回去将师太的话复命。若由师父去求吴太太，或者吴太太的金钱能推测剺剑的人来。"

说着，便向慧远告辞。回到绵山，见了狄龙骏，说是如此。

狄龙骏听罢，向癞痢头道人骂道："老夫令你到慧师太那里讨剑，讨不来也就罢了，慧师太是要掩藏青锋、秋月剑的人吗？这其中想必另有一个缘故。你这孩子，说话乱得罪人，你自己还不知道。你说这两支剑没有由慧师太送来，事关重要，照你的意思，星胆、璇姑有这两支剑，就可在今年证成婚礼，没有这两支剑，就不能证成婚礼吗？这是慧师太心气和平，没有一些火性，若换一个急性的人，就因你的话得罪了人家，不是为这样无关紧要的事，伤了同道的和气？"

癞痢头道人被狄龙骏责备了一番，连声说："是，知罪。"

狄龙骏便挥手叫他退下，却将星胆、璇姑两人带到跟前，照着癫痫头道人复命的话，向他们说了一遍，道："我已择定你们喜期是十一月初三日，在光燮、舜英喜期前五日。本想将青锋、秋月剑证成婚礼，实践当日之言，现在这两支剑已被人剽劫了去，你们一般也可成婚，没有什么大不了的意思。不过我想去掉青锋、秋月剑事小，不明白剽劫盗剑的人是谁事大。好在你们的喜期距今日尚有两个月，大后天是李鼎和宋雅宜成婚的吉日，吴太太同真如师太、慧远师太、悟因师太，都要集齐在穆太太那里，我先期带领你们去贺喜，请你几位前辈师太，大家推算一番，究竟这剽剑的人是谁，将来是否同我们有一番的拼斗，你们以为怎样？"

星胆听罢，连声应是。璇姑不禁羞得粉面通红，也淡淡回说个是字。两人便退下去。

星胆将璇姑请到自己丹房坐下，向她问道："今天是几月几日呢？"

璇姑道："你好糊涂，这话是从哪里问起？大前天系我父亲的禫服之期，是八月二十九日，今天是九月初二日，你怎么会忘记了？"

星胆道："我哪有忘记了的道理？今天是九月初二日，距离十一月初三日只有两个月的工夫，眨眨眼便到了。"

璇姑道："师兄放郑重些，师父的规矩，你知道是不容易好说话的。"

星胆踟蹰道："夫妇之道，本为人之大伦，这正是很郑重的话，怎么我一提起，你就要恼了？"

璇姑道："是说郑重话，我就多坐一会儿。"

星胆道："我的心你也该明白，我不肯轻薄人，怎肯对你轻薄？难道你忘记五年前，师父令你苦心试验我的事吗？五年前是这样一个柳星胆，五年后也是这样一个柳星胆，若说我有意轻薄你，我可对天发誓，倒饶得你来责备我。"

璇姑道："我相信你还是五年前一个柳星胆好了，你说。"

星胆道："我倒没有话说了，师弟请回丹房去吧。"

璇姑道："你没有话说，我不妨向你说几句。师父前天唤我到他丹房里，问我秋月剑可曾由慧师太还我，我回说没有，师父并告诉我，你的青锋剑也没有由慧师太还给了你，这话我却不放在心上。及至今天师父对我们说的那一番话，知道这两柄剑已不在慧师太那里，已被人在半途间剿劫去了。我想大仇已报，这两剑失掉了，原没有什么关系。不料我从师父丹房里走出来，忽然有所警悟，就怕我们的性命已不久人世了。"

欲知后事如何，且俟第六回再续。

第六回

诠噩梦晤对知心侣
数家珍畅谈先天功

当下柳星胆很注意地向方璇姑问道："你有什么警悟，怎的又说你我的性命不久人世？快说！"

璇姑道："我从师父丹房里走出来，忽然想起一年十个月前，从虎泉归来的那一夜，已是五更时分，我仿佛在睡梦中看见那个剑婆梁秋月很凄怆地在我面前说道：'我们就此一别，相会不知何日，愿小姐勿忘诛杀空岩的事。'说完这话，便向我枞哭了一声。我被这哭声惊醒过来，却是一场清秋大梦，纵然秋月有灵，我总以为这剑被慧师借了去，不忍同我遽离，或者我心中喜欢这剑，一时分开，未免有些割舍不下，魂梦中的幻情，一半也是我的心灵作用。心想将这剑从慧师那里讨回，未免显得太小气，当时既将这剑借给人家，人家约我六个月交还，我还说是二年还我也不妨，如何借去才三天工夫，便能向人家讨剑？怕慧师太笑我背信蔑约，不识前辈的抬举。后来因从事秘密运动，革命进展，暗暗传播革命种子的事务太忙，反把这件事渐渐遗忘了。方才猛听师父那一番话，回想那时梦中的情景，仿佛我瞧见这秋月剑是被空岩的余党未尽，将剑劐劫了去。他们会习罩功的人，所怕就是这两柄青锋、秋月剑，劫取了这剑，他们想乘间来对待我们，给空岩和尚报仇，取我们性命，也算意计中事。所以我方才有所警悟，就怕我们性命已不久人世也。"

星胆道："危险我们性命的话，这是师弟心神过敏之谈，但师弟当初梦中事情，何不暗暗早告诉我？"

璇姑道："我告诉你，怕你焦闷，还是不告诉你的好。于今却是隐瞒不来。"

星胆道："怎不告诉师父？"

璇姑道："他老人家向来不信梦中的征兆，都斥为无稽之谈。我虽不敢告诉师父，等到罗珉山时，我可以告诉吴太太，请她替我参详。"

星胆听了，猛地在桌角上拍了一巴掌道："怎么你的梦境，你的心情，同我没有什么差错？我在虎泉寺与会归来的那一夜，也曾有过一梦，不敢到慧师太那里讨剑，所怕是慧师太瞧不起我，太不能保守口头信约。不曾告诉你，在先怕你听了生烦，以后也因传播革命种子事务太忙，把这件事反淡然遗忘了。方才听师父那样话，我也知道师父的个性憎爱分明，愿改日告诉吴太太，不愿告诉师父。"

璇姑不待他说下去，便问道："你究竟在那时是怎样一梦呢？"

星胆道："方才我请你到我房里来，开口便问你今天是几月几日，你不是说你自己糊涂，怎么会把日子都忘记了呢？我说'何曾是忘记了的，今天是九月初二日，距离十一月初三日，只有两个月工夫'的话吗？其实我这话里的意思，你如何猜想得到？你反叫我说话放尊重些，我曾拿话岔开，不肯把我的意思对你披露出来，也怕你听了心里难过。现在也就不用隐瞒着你。十一月初三那一日，本是我们成婚的吉日，但我听师父在他丹房说的话，回溯当初梦中的事情，表面上虽然像是从容自若，其实我心坎里有说不出来的愁闷。

"我在虎泉寺与会归来那一夜，也在五更时分，从模模糊糊睡梦之中，似乎见那剑叟李青锋现出惨淡的神气，向我流泪说：'公子好忍心和我仳离，使我唯有痛哭。公子须记取着二年后十一月初三的一夜。'说完这话，也不等我回答，便向我一举手，转瞬间已去得杳无踪迹。醒来把这样的梦境仔细参详，也许是凶多吉少。及至今年师父给我们选定十一月初三日的吉日，我转然想到李青锋是因我成婚的一日，这青锋、秋月两支剑也该从慧师那里讨了回来，要我重重祭谢他一番，不可忘记他撮合的恩德。谁知今天师父说这两支剑不在慧师那里，已被人剽劫了去，我又想这剽剑的人，必同我们有过不去的冤仇，要想在十一月初三夜间报复。回想那时梦中的事，转又使我心惊胆怯。哎哟！但愿我们的梦不灵验罢了。"

两人谈叙多时，璇姑才怏怏别了星胆，回转丹房。

好一会儿，却见舜英来了，入门便向璇姑问道："你同我的哥在那里说些什么？"

璇姑道："你知道我们是说些什么？"

舜英道："你们的话都被我听见了，你们只顾说着体己话，哪里明白窗外有人窃听？我听了你们的话，心里很是不快活，回到我丹房里，适值师父前来查看我，我便将你们的话告诉了师父。师父说：'梦中的事情，不外性灵作用，哪里便有灵验？他们的前程宽大，纵有意外的祸变，老夫敢担保他们没有性命危险。你去劝他们放心好了。'我听受师父的吩咐，先到我哥哥那里，把师父的话告诉他。哥哥转是欣然色喜，说：'学剑术贵能无挂无碍，岂唯妖梦是凭。'你也是个很聪明的人，谅不再因这缘故，使胸中稍有芥蒂。"

璇姑听完这话，勉强安慰自己的心灵。舜英去了。

到了第二日，是李鼎、雅宜结婚前一日，世俗谓之催妆。狄龙骏就在催妆这一日，便带着星胆、璇姑两人，到罗珉山来。

原来，吴太太也忙着到罗珉山贺喜，同狄龙骏师徒却来得不先不后。狄龙骏师徒悄悄向吴太太将慧远借到剑后的情形说了，吴太太听了，沉吟一会儿道："这事很值得研究。慧师太固然不是借人家东西昧瞒不还的人，她若不发觉青锋、秋月剑已回绵山，难道事隔二年，她不见了这两支剑，就是自家人，却没有到绵山去打招呼吗？这剑自然在半途间被人剿劫去了。照两位令徒梦中的事情参详起来，不能一例斥为

65

荒诞不经之语，也诉剿劫剑的人必是罩门中的余党，未尽歼除。他们因听星胆、璇姑用青锋、秋月剑杀了空岩和尚，未免兔死狐悲，便不分皂白，不问情由，一股怨恨之气结在星胆、璇姑身上，以为得了他们青锋、秋月两柄剑，他们练过罩门功夫，便天不怕、地不怕，能给空岩和尚报仇。只是青锋、秋月两支剑已到了他们手中了，他们要给空岩报仇，便准备给空岩和尚报仇，何故迟至一年十个月之久，尚没有人和星胆、璇姑两人为难呢？并且照星胆梦中事情推测，似乎青锋有灵，满面泪容，叫星胆记取着二年以后十一月初三这一夜。若用着纯洁理智参详，总想到这一夜，当是罩门中人来给空岩和尚报仇的一夜，他们要给和尚报仇，怎么必须延迟到这一夜才报仇呢？这其中当然有个要紧的缘故，让我来仔细审度审度。"

说到这里，紧闭眼珠，沉吟了一会儿工夫，忽然像有些明白的样子，便向狄龙骏问道："星胆、璇姑两人投在你的门下，差不多已有五年了，在这五年期间，你传授着他们是些什么功夫？"

狄龙骏道："讲到我师徒的功夫，真是见笑吴太太。"

吴太太插话说道："自家人讲话不用客气。"

狄龙骏道："却只传得他们点点的剑法，并一些气功。"

吴太太道："剑功且不管它，我倒要问问他们学的气功。"

狄龙骏道："叫他们在吴太太前献丑一番，看是怎样。"

吴太太道："用不着献给我看，问明了我就有鉴识的把握。记得二年前，他们同光燮、舜英两人，不是在红莲教薛天左面前玩过鸡蛋的把戏吗？璇姑曾用两拳当作两脚，在里一圈一圈分列成围五百个鸡蛋上溜跑，身子就像游龙一样迅快，两拳无论着在哪个鸡蛋上，总像行所无事的。兜转过一个圈子，是这样；兜转过二十来个圈子，也是这样。圈子越兜越小，两拳也越溜越快，把那五百个鸡蛋，一个一个都溜过了，没有一个鸡蛋不在她拳头上着过，没有一个拳头碰碎一个鸡蛋，难得是没有一拳溜滑。星胆又加上五百个鸡蛋，共是一千个鸡蛋，个个靠起来，摆设在一具很重的香炉鼎旁边五寸的地方，星胆站到鸡蛋上，伸手提起炉鼎两个耳朵，炉鼎的全身也应手而起，在鸡蛋上的地方，举着炉鼎。这一千个鸡蛋，不是被他脚上的气力踏碎，就要应上'滚蛋滚蛋'两句话了。

他却将炉鼎举在手中，手上的气力像似大得骇人，脚上连一丝气力也没有，站在鸡蛋上，舞着炉鼎，演出许多架势，如同在平地上舞着一样。他们的这运气功夫，虽有高下，目下更比不得二年前了，究竟他们是学的哪一种练气功夫呢？"

狄龙骏因吴太太问这话的神气很精细，仿佛问明了，就可解决那一层的疑点，很斩截地给星胆、璇姑向吴太太回道："他们这功夫是虚实活用，当初他们也学过实功，岂知运气浸久运得纯熟，却专喜学虚功，实功反不轻易用着。"

吴太太道："这话固不错，究竟虚是什么功，实是什么功？"

狄龙骏听了，迟疑没有回答。

吴太太道："当初老祖师没有向狄老说明吗？"

狄龙骏道："就因老祖师没有示我，我不敢妄加臆断。"

吴太太道："这种虚实功夫，我自信知道很详细，不过我没有下苦心怎样练习过，实功还有一点儿，说到虚功，我心里便想练习也练不成功。你平时喜欢练实功，也喜欢练虚功，星胆、璇姑也练过实功，只因想学虚功的心思奋勇精进，他们的实功转不若虚功进步得迅快。"

狄龙骏不待吴太太继续说下去，便问道："怎么你要想练习虚功，却说不能练成的话来？"

吴太太道："这缘故我且对你保守秘密，停一些，你自会明白。气功有先天后天之别，气中有力，亦可谓之先天之力与后天之力。怎样谓之后天之力？后天之力，必借着物力，然后才有气力。先天之力，却只是自己的气力，后天功夫是实力。罩门中人的功夫是专练实力，不掺杂先天气力的作用，练到极顶，身体当然比金子、石头还坚硬，这种功夫，只谓之后天功夫。先天的功夫是虚力，星胆、璇姑的功夫却又专练虚力，不练实力了，虚力练得到家，无论身体哪一部分，都不能承受质力，也谓之先天功夫，先天的功夫，看有无穷之力，其实是虚软无物，虚力比诸弱水，快刀可以斩铁，不可以斩水。所以练习先天功夫的人，这虚力却不能伤人，但有人前来侵犯，也断没有伤在人家手里。不信，我可以当面试给你看。"

旋说旋向璇姑一剑刺去，仿佛也刺个正着。璇姑也很纳罕，说也奇怪，这剑分明是刺着，却同没有刺着一样，哪里能伤坏璇姑呢？

又向星胆说道："你也要用虚力来打我一拳，踢

69

我一脚，不拘你踢在我什么地方，打着我什么穴道，你看能伤坏我？"

星胆听她这话不是夸口，完全从根具上得来，真个打了吴太太一拳，踢了吴太太一脚。吴太太闪也不闪，动也不动，像似行所无事的模样，一些也不受伤。

吴太太笑向狄龙骏道："我的话是不错吧？因他们是虚力，我被星胆打上一拳，踢上一脚，没有受着丝毫的损伤，所以我说先天的虚力不能伤人。我刺璇姑一剑，这剑法实在在我杀手毒作，分明刺个正着，却没有伤害璇姑分毫，所以我说先天的虚力，虽不能伤人，但有人前来侵犯，也断没有伤在人家手里。既然伤人的功夫是后天功夫，不是先天功夫，是实力，不是虚力，若在和人闪搏的时候，存心要伤害人的性命，才用得着实力，但要看穿对方人的实力绝非自己对手，才能用自己实力去伤人，如果对方人的实力要比自己高强，不想用实力侥幸取胜，但用虚力同他周旋对付，能保险不吃亏。既用虚力和对方人周旋对付，在势又要伤害他的性命，又该怎么办呢？所以练先天功夫的人，身边也带有很锋锐的刀剑，就是准备用虚力和人对付，却借这刀剑杀害人家性命的缘故。

练习这种先天功夫，非童男童女的身体，绝练不成功。因为这是先天功夫。如何断伤过先天精气的人，还能练成先天的功夫呢？不但未练的人已断丧了先天的精气，不能练成先天的功夫，便是练成了先天功夫的人，一断丧了先天的精气，无复童贞的身体，这功夫也就立刻涣解，所以这先天的功夫，也谓之童子功。你虽有这偌大的年纪，生平没有娶过妻，犯过色戒，所以你得练成这种先天的功夫。癞痢头印崑，和方、柳两家兄妹，都属童贞的身体，所以他们也得练成这种先天的功夫。我听你的九徒弟苗宁曾娶过妻，你不信，将这先天的功夫传给了他，看他是否学得成功，你就相信我说的这话不是漫无根据。我方才说是不能练成先天的功夫，那其中的缘故，我不详细说出，谅你们师徒总该明白了。"

狄龙骏道："好笑，我学的这种功夫，又将这种功夫传给了我的徒弟，知道这种功夫很精微，却说不出所以然。吴太太的话真是言言金石。"

吴太太道："你不要扯淡，容或你说不出先天功便是童子功的道理，但你该明白星胆、璇姑这先天的功夫，在前一年十个月期间，若有人凭真本领要伤害他们，断没有能够可以伤害的。你纵未能决定劁剑的人便是罩门中人，或者是会谙法术的人剽去了祭用，其实能使用法术的人，何用剽去这两支剑呢？这两支剑当然是罩门中剽劫去了。"

正说到这里，忽地星胆恍然说道："我明白了，我明白了，神剑有灵，叫我记取十一月初三那一夜的话了。"

毕竟后事如何，且俟第七回再续。

第七回

入深山慧师采药
夺荷人冯侠逞凶

话说柳星胆忽地向吴太太说道："我明白了，我明白神剑有灵，叫我记取着十一月初三那一夜的话了……"

狄龙骏怕星胆再说下去，将置璇姑何地，连忙用话岔开。岂知璇姑是个水晶心肝的人，岂有勘不透吴太太和星胆话里的意思？粉脸上不由晕红起来，低着头暗暗沉吟道："原来我们近来练的这种功夫是先天的功夫，愧我不文，不知先天后天的奥理，只也听得学剑之士，说过学童子功的人，男不能娶妻，女不能嫁婿，怎知道我们这功是先天的功，换一句说，就是童子功呢？祖师当年传授我师父这种功，没有向师父详细说明，这是师父终身没有近过女子，所以能保持他这童子功没有涣解。果然师父知道很详细，他教我们练童子功，就不该给我们订婚多费一番唇舌；要给我们订婚，就不该教我们练童子功，多吃这二年的辛苦。但是我们师徒既练成这种童子功，却不知道这是童子功，正应得古人所说'由其道而不知其道'的那句话了。但是我同星胆既练成这种童子功，却好可以防备剿剑的人向我们寻仇，万一成了婚，使我们斫丧先天精气，无复童贞身体，要同罩门中剿剑的仇人抵抗，怎能保险不吃亏呢？总该到十一月初三那一夜，我和星胆要小心些，不可演出那样路数，且保守这点儿童子功，却怕什么罩门中人来寻我们为难呢？"璇姑是这么低头沉吟着。

又听吴太太说道："这点点事，虽必须要经过一番龙争虎斗，没有什么大不了，好在距离十一月初三那一夜尚有两个月工夫，我们且暂将这事停搁一边，过了李鼎的喜期，我再仔细推算，总该筹出一个方法，到绵山去告诉你们，却用不着费了悟师他们的心神。我们今天是到穆太太这边贺喜的，在这半山间谈说多时，只谈着这样话，还未到穆太太那里去，看来时间不早，我们快点儿去吧！"

当由吴太太在前，狄龙骏师徒在后，直往穆太太住宅而来。

原来穆太太自宋家及李鼎搬来以后，由宋铎拿出钱来，把穆太太的住宅重行建筑，规模较从前大不相同，虽建造的房子是两进，却也焕然一新。

吴太太及狄龙骏师徒到了穆太太的住宅，已见大门口挂灯结彩，像似十分热闹。悟因、真如、梅姑、爱凤诸人都已来了，便是梅姑父亲富如玉夫妇，由梅姑预先通知，也就在这一天，早赶得前来。男宾由宋铎、富如玉招待，女宾由悟因、穆太太招待。这两天虽然也热闹，只是各人的心中，想起绝代佳人穆玉兰来，表面上虽强开笑颜，暗地都带着几分哀悼的心情。尤其是李鼎、雅宜这一对儿比翼鸳鸯，枕边念旧，衾畔怀恩，于融容款洽之间，两人都不因不由地抹了许多眼泪。

李鼎的喜期过了，狄龙骏便带着星胆、璇姑作辞告别。吴太太也辞退了众人，同狄龙骏师徒出来。

狄龙骏便向吴太太道："这番慧师不到罗珉山来贺喜，难道她因青锋、秋月剑的缘故，使她胸中有了芥蒂，明知我们师徒前来，不愿来同我们会面吗？回想慧师平素为人的行径，又断不出此。"

吴太太道:"这其中当另有一个缘故,待我且到虎泉寺探望她一番,三日后到绵山去复命。"

狄龙骏说了声好,便带领星胆、璇姑同回绵山,这且按下慢讲。

单说吴太太那日从罗珉山动身,来到阴平寺,在慧远的丹房里,见了慧远,两人分宾主坐下,慧远吩咐性能献上茶来。吴太太看桌案上放着一个台盘,台盘里有一模样像似个小孩儿的东西,知是千年荷人,变成个人形,是学道人资养的食品。

吴太太便向慧远笑道:"慧师太既有这样可吃的东西,那夜我们前来开会,慧师太没有拿出来,意思是怕我们分肥,不能使你慧师太独甘脔鼎。今天却给我无意瞧见了,快些烹好来吃,这东西不同我吃是不行。"

慧远道:"你想我可是那样鄙吝不堪的人?在前有了这样东西,难得诸位道友光降寒寺,岂有不烹出来同吃的道理?

"这东西是我在前天清晨时间,到恒山去采药草,见那山上有个土坡,四面栽着许多的树木,都是枝叶萧疏,着了一层酽霜,唯有那土阜中间,没有树木,约有五尺周围,却长着很浓茂的青草,草上并无霜迹。在这九月深秋的天气，恒山的地方较南方气候寒冷，树秃叶落，怎的青草却异常浓茂？这一层已觉可疑。树上着了酽霜，而青青阜上草并没有些霜迹，在我们惯采药草的人，早知这下面必有仙品。我却不敢从青草上走过，怕我们妇人家触污了仙草，用我的宝剑，在那青草四面都挖了个深坑，不见有什么仙草在那里。因把中间的泥土用剑分开，岂知那中间的泥土很松活，我转用手慢慢扒开，还没有扒到四五寸，便发现这种可爱的东西，拿在手里，转出了山坡。

"迎面撞见一个三十多岁的汉子，向我手里望了望，问我手上这个小孩儿是哪里得来的。我冲口而出地说：'在那土坡中间掘来的。'

"那汉子道：'这不是千年荷人吗？'

"我说：'正是。'

"那汉子便伸手来讨取，说：'这东西是我的先人从海上觅来的，种埋在那土阜下，经过十八个甲子，才成了千年的荷人。我家祖宗世代都在山上看守，不许妇人女子到那里行走。你是哪里来的驴子，敢偷我山上的东西？你也不打听打听我黑夜叉冯老爷的大名，须是好惹的。识相些，快把这东西还给了我。'

"我听了他的话，暗暗好笑，这种荷人，岂是人工能栽种出来？并且这山上很多猛兽，除我们练功夫的人，哪里有什么妇人女子敢到山上来呢？这东西既能到这山上，想必也有些本领，要欺负了我，想逼取我的荷人。我向来虽说是与物无争，与人无忤，但他要我将这东西烹出来给他分吃一餐，是没有做不到。无奈他想行蛮撒野，硬说这东西是他祖上栽的，却由我盗掘得来，我如何肯将这东西轻易让给他呢？便向他赔笑说道：'尊驾方才说这荷人是由你祖上种下的吗？'

"那汉子道：'是的，我家世代都因为看守这种东西，才住在这山上，如何便给你盗去？'

"我又笑着问道：'你们同族共有多少人在山上看守？你叫什么名字？'

"那汉子道：'我家单传三十一代，我叫冯起来。'

"我又笑向冯起来道：'你家三十一代是单传不是单传，老僧也无从考校，只是这种荷人，是天生的仙种，经过千年山川的精灵之气，才能培养成功，不是人力所能栽种的。这些话都载在山石道人的《本草》上，不是老僧信口吹到空气。你骂老僧是驴子，诬蔑老僧是强盗，老僧却看你说的这话倒有些驴唇不对马嘴。天生圣物是给我们学道的人享用的，你更不能倚强恃霸，便说这山是你开，这树是你栽，硬要赖我们学道人取来的荷人。荷人已从土阜上挖掘到我手里了，谅你绝不能从我手里抢夺了去，我看你是没有这本领。'

"冯起来听我这话，神色倒和缓些，也笑了笑说道：'荷人虽是天生的圣物，但我在这山上早看出那土阜下有这种东西，所以我才住在山上看守。'

"我听了回道：'你既然在这山上看守荷人，我在山下挖掘荷人的时候，你到什么地方去了？那时怎不见你出来阻拦？直待老僧握到了手，转过一个山坡，你看见这东西，才对老僧讲话。假如你未住在这山上看守时，荷人被人掘了去，你又向谁追取？老僧已经掘到了手的东西，固然不能轻易让你，便让了你，怕你也不会烹出来吃，未免有负这样的仙品。我劝你知趣一点儿吧，犯不着为这样事闹出一场笑话来。'

"冯起来听我这话，把眼睛翻了翻，说道：'这东西也不能便说是你的，不过你的话说得近情些，我要用好话想追取这个荷人，你心里断不甘服。不过我看你是空门中人，也不容易下手伤你的性命，惹得天下英雄失笑我冯起来只会格杀一个老了不中用的佛门弟子。'旋说旋来抢夺我的荷人。

"我逞倚了海燕凌空式，荷人虽没有被他抢到手里，但两腿早吃他举手拿住了不放，好大的气力，他拿住我的两腿，却使我再也挣脱不开。我本犯不着因这东西想开我多年未曾破过的杀戒，怎奈事情逼到这一步，也就讲不起，放出我的神剑来了。剑光着在那东西的头上，就听得当的一声响，只道是那东西吃我这飞剑砍了脑袋，便松开了手。谁知他的脑袋比什么都坚硬，剑光被逼得退了回来，我才想到那东西是学的罩门功夫，剑光没有着在他神秘的罩门上，怎能伤害他的毫发？

"冯起来登时也就气极了，他用两手拿住我的双腿，还怕一时捏不伤我，便松了右手，早从身边取出一支剑。我的眼快，在他取剑的时候，翻起内衣，早看见他腰间还有两支小剑。这两支小剑一落到我的眼角落里，便认出是青锋、秋月两支剑了。

"我当时急转了个计较，向他软说道：'请你不用下手，你要的是荷人，争的是面子，仍将荷人还了你。你想荷人已到了你手中了，面子也争得十足了，你何苦来多结来生的冤仇，是终免不了要报复的。'

"冯起来举剑说道：'你还给我荷人，我便赦下你这条命，不同你一般见识，妄结来生的冤仇。你还不

快点儿把荷人还给我？我自己会烹出来吃，不用你替我担心。'

"我听了，即做出要将荷人掷下的手势，说：'这东西跌碎了，不是当耍子的，你拿去吧！'

"冯起来急将那只手松开了，双手来接荷人，岂知荷人仍在我的手中，没有掷下来。我在他松手的时候，早一纵身飞上天空，直向前飞来。

"冯起来虽不谙飞行法术，看他的两条腿走起来，每时也能走七八十里的，只是追赶我不上。追赶了一会儿，也就退去了。我飞回了虎泉寺，心里好不欢喜，不但得了这千年难得的荷人，并且察觉得当日剿劫青锋、秋月剑的人，便是恒山练习罩门功的那个冯起来，因想把这荷人送到罗珉山去，当作一份贺礼，凡我们同道的人都可分吃一餐。不过我这两条腿被那东西手指拿污了，便准备用香汤淋浴，浴过这两腿，带着荷人，到罗珉山去贺喜。香汤放在桶里，我解开两腿看时，便有一件骇人的证据现到我眼前来了。原来我这两腿上都有五个指印的青伤，左腿的伤还加倍比右腿青得厉害，尔时并没有觉得，直待解开两腿沐浴，才看出来。这种伤，越不觉得痛楚，越令我有些害怕。初时吃玉元散，不见得能将伤发泄出来；以后就吃着万死一生丹，才将伤发现，两腿又疼又肿，都肿得像吊桶相似。好容易将息多时，直到今晨五鼓以后，方才平复，使我得香汤洗浴，洗去两腿上的污点。因想我学的内家功夫，我不想伤人，只用虚功和人对付，人绝不能伤我，怎样会受这么重的伤呢？在我被他拿住了双腿，我不想用实力挣脱，任他两手有多大的力量，我的两腿不能承受他的力量，只我一用后天实力挣脱，他两手的气力就有了着落，所以这两腿才受了这么重的伤。当时并不明白，过后才思量出来。我的伤势虽平复，却过了穆家的喜日。又想到罗珉山去，所怕你们要从那地方回来，或者你们也有因我没到罗珉山，要来看我，两头都落空，岂不是徒劳跋涉？只得准备改日约会你们，到我这地方，不分男女，不论班辈，好大家把这东西吃一餐。穆家的贺礼，我这时也不用补贺，拘泥这些小节。"

吴太太听她说了这一篇，便也含笑把自家对那青锋、秋月剑的猜度，并同狄龙骏师徒的论调，向慧远说了一遍，道："这两支剑有了着落，并且慧师这荷人也得来不易，改日要请我们吃一餐。所怕我们吃甜了嘴，哪里再想到有这东西吃呢？你准备在几时请客，我给你去请，临时你要多给一口汤吃。"

82

慧远道："吃荷人当然是吃汤的，若要吃它的渣滓，算来有几十张嘴，如何分得开？你给我跑腿去请客，自然多给你吃一口，把你当个老饕。我想本月望日这日子很好，又值秋月团圆时候，你且去遍约他们，在那夜起更时前来，二更开席，来迟了恕不等候。"

吴太太很满意地连日赶回罗珉山。幸穆家的男女客众，除去吴太太、狄龙骏师徒，因路远早回，其余都在那里。又见吴太太来了，只不知所为何事，及经吴太太说明来意，方才明白。吴太太却想起玉兰死得苦，没有口福吃这荷人，未免暗弹了几点老泪。李鼎又因九月十五到虎泉寺聚餐，诚属十年难得的幸事，只可怜少了我那个又可敬又可爱的人物，直比刀割心肝还痛。雅宜受玉兰的大恩，万难答报，只准备列席时，乞得一杯荷人汤，遥奠玉兰之灵，魂兮有知，亦当临风歆飨。就因吴太太约吃荷人，便是真如、悟因、梅姑、爱凤四人，也添加不少的感痛。

吴太太约过了，又转到绵山来约狄龙骏，岂知吴太太未到绵山，那里已出了一件祸事。

毕竟是什么祸事，且俟第八回再续。

第八回

余秀才灯前会仙子
吴小官郊外看娇娘

话说吴太太因慧远在九月十五那一夜，要遍请同道中的道友，及与他们同道中有了关系的人，大吃荷人，曾在慧远面前情愿担承替她约客，先到罗珉山去拼挡，把穆太太那里的客凑巧都约过了，便向太原绵山而来，准备约同狄龙骏师徒，在九月十五那一夜，到阴平虎泉寺吃荷人。并因青锋、秋月剑的着落，也该将慧远在恒山经过情形，向狄龙骏师徒交代一个明白。

谁知吴太太未到绵山，那地方却出了一件祸事。这祸事虽非应在狄龙骏师徒身上，却很与《双剑缔姻记》中情节有关，岂可略而不写呢?

且说绵山之阳，有个姓余的人家，老翁余怀德，有一子，名楫，表字作舟，父子俱系不第的秀才。余怀德家有茅屋三间，薄田十数亩，虽然家道清寒，品性却是端方。自从余作舟之母左氏，并其妻嵇莺儿相继逝世以后，家境益窘，苦到了极处。

　　莺儿遗有周岁子，却寄托在莺儿娘家抚养。莺儿有妹燕儿，艳名远噪，伊父嵇柏春，因莺儿逝世已过小祥，仰慕余家父子性情不苟，却不计贫富，愿以燕儿填补莺儿的缺，嫁与作舟续弦。无如余怀德自顾式微之家，不愿再和有钱人家攀亲，作舟也叹息运途多舛，连稍可人意的前妻莺儿尚无福终身消受，自顾书生命薄，恐招匹夫怀璧之讥，也不肯再轻易害人家的闺女，因此这件事便因循下来，没有订成正式婚约。

　　这一晚，怀德赴宴邻村，直至二更尚未回家。作舟兀自坐在窗前，挑灯夜读。忽地窗外吹进一阵风来，把窗内的灯光吹灭，灯光一熄灭，风声倒停止了。作舟也没留心这阵风来得蹊跷，出房去寻火镰，刚寻得火镰转回房中，尚未敲火点灯，房里的灯光忽然明亮了，灯前站立一个仙姿绝俗的女子，向着作舟憨憨地笑。作舟疑为妖魅，却有些愕住了。

　　那女子在巧笑宜人时候，倏地横波一闪，竟使年少老成的余作舟魂魄俱丧，颠倒不能自主。但他并不害怕，从容向那女子问道："何处神仙，竟光降寒舍？恕小生未能迎迓。"说着，身子便凑近了些。

那女子嫣然笑道："妾系琅嬛侍女，与君夙有情缘，特来破君岑寂，愿君勿疑。"

作舟听女子说这话的腔调，如留韵悠扬，凤鸣清远，没有一句没有袅袅的余音，益发心旌摇摇无定，满脸春情洋溢，如泛出朵朵桃花，也只顾憨憨地向那女子注视着，眼光闪动。恰被那女子的美盼接住，那女子匏犀微露，两腮窝儿晕起红潮来，又向作舟笑道："君目眈眈如强寇，视妾何为？"

作舟笑道："我视仙人如朝霞玉露，不食亦可忘饥。敢问仙人芳名，怎说和小生夙有情缘？"

那女子听了讶道："妾小字娟娟，与君同在琅嬛，卿卿我我，同病相怜，不意君一谪人寰二十四年，竟昧失本来若此。"

作舟道："小生自顾谫陋，不但与卿有雅俗之分，简直有仙凡之别。不过小生听卿诉说琅嬛福境的话，那是文人的寓言，太没有凭据，毕竟小生终以卿为仙人，食色本为人之天性，小生固不畏卿为妖狐，将以祟人的伎俩祟小生。如卿不以微末，固不妨结为韵友，若涉有暧昧之行，人知之败我名，人不知亦败我德，小生不愿遵从。"

那女子听了讶道："君固风雅士，何尚守头巾戒？即令妾为妖狐，与君偕老，为妾夙愿，妾何忍以祟人者祟君？这是妾与君前生有未了的债，今夕特来了此未了的缘。"

说着，便直凑到作舟的身边，春情无限，齐上眉梢。转又使作舟心旌摇荡无主，口里却说了声："冤孽冤孽！二年的贞操，竟为卿一旦失守了。"

刚到入港的时候，忽地余作舟用手在自己嘴巴上打了两下，说："不可不可！我余家世代的方正不苟之名，怎么一朝坍坏，却又无端坍坏在一女子手里？"

旋说旋将那女子推了推喝道："汝既属仙姝，当知闺戒，逾墙钻穴，岂是仙人所为？去休，迟则我有法宝，追取你的性命。"旋说旋在桌案取过红黑砚台，做出要向女子打来的姿势。

那女子也就闹翻了脸，便从裙带下拔出一支青霜剑来，也向作舟喝道："好不识抬举的酸丁，看你那两样法宝，能追取谁的性命？漂亮些，及早回头，你能享受人所不能享受的艳福；若再违拗我的意思，我恨不能这一剑结果了你。"

作舟见了，并没有半点儿畏怯的意思，知道向她斥说是不成功，在势却非用武不可，便一撒手，将那红黑砚台向女子面部刚打个正着，落下地，却跌得粉碎。女子眼光也不瞬，头皮也不红，一闪身，早将作舟的衣领抓住了，就势捺在地下，一支剑看要刺到作舟的胸脯上，低低的声音，却很斩截地说道："非是我少了男子，要你做我的丈夫，只怪你前世里不该欠下了我的相思孽债，今生我来讨你的债，你不还我就行了吗？我便将你的心肝剜出来，你这时还有什么话回复我？"

作舟道："我没有话回复你，我没有话回复你，与其做下这种禽兽的事，不如一死的爽快。你快快杀了我，杀了我，再向你说第二句话，也辱没我余作舟了。"

女子便咬定牙关，拧破作舟胸前衣服，一剑看要刺到作舟胸脯上。作舟神色不动，瞑目受死。

正在这千钧一发的时候，那女子倏地抽回了青霜剑，仍佩好在裙带里面，扶起了余作舟，替他拾掇了红黑砚台，婉言笑道："好个少年老成的君子，此心能挽回在刹那之间，真不愧读书种子。请君视我这一双大脚，果是个女子吗？"

作舟听他话，在先没有看见他这一双大脚，于今却仔细看得明白，才知道他是男子化装的女子，这已死的魂灵，也就悠悠转回躯壳，便向那男子改容问道："足下素昧生平，足下尊姓大名？用得着这番做作，来试验弟的心情？请足下明以告我了。"

那男子道："我辈系属剑士，向没有真姓名告人，也用不着告诉你，只是你父子平时的名气，我知道很详细，很愿同你做个神交的朋友，但怕你是少年人的性情，有些不能名副其实，在势不免来试验你一场。"

作舟道："这番兄弟也疑惑足下不是剑仙，必是一位大剑侠，足下既肯下交寒素，岂有朋友不肯对朋友吐说姓名的道理？"

那男子道："我爱你的心情，不爱你的名字，所以很情愿同你做个神交的朋友。交朋友只交以心，不交名姓，所以我也不用拘世俗之见，将姓名告诉你。"

作舟被他驳语得无话可说了。两人契阔之间，作舟是抱着满怀抑郁，无可告诉的人，如今听男子说话亢爽，有古来游侠之风，平时数奇不偶，遽尔喜得新知，且胜故友，不由对那男子倾情尽吐。

那男子道："不用你说，我已尽知了。嵇家的燕姑娘，才美两全，足配君子。君勿忧，此事由我成全。"

旋说旋从怀中取出两根蒜条金、两只银锭出来，说："聘礼不足计，即此亦可稍助先生仰事俯蓄之资，乞先生笑纳。"

作舟道："承足下盛情，倾囊助我，却之虽属不恭，取之则有伤吾廉，兄弟断不敢受。"

那男子怫然道："你说这样话，就骂我不是个朋友，古来管鲍有分金之义，似此区区，何足介齿？先生但请放心，此中并无不义之财，愿先生推情收纳。"

作舟没奈何，也只得受了。两人又谈论多时，那男子便拱手告别。

作舟要订后会，那男子道："我来，自然即来；不来，先生也没处寻找。将来未必没有相逢的机会。"

作舟便将那男子送出半里以外，泣下说道："送君千里，终须一别。慨蒙厚贶，兄弟当铭刻不忘。"

那男子道："先生且请回去，防有人盗去金银，那就煞费踟蹰了。"

作舟便向那男子拱了拱手，两人就此分别。

作舟回到书斋，见他父亲已回来了，指着案上的金条、银锭说道："此物何来？"

作舟急从实说了。

怀德道："本来朋友有通财之义，子路乘肥马、衣轻裘，与朋友共，敝之而无憾，何来剑仙嘉惠吾儿，心胸且出子路以上？侠而近于圣矣。吾儿方正不苟，必有厚报。向之不肯听从嵇翁婚议，特患贫耳，今若此，吾必为汝授室。"

次早，怀德便到嵇家来，言道："有个朋友，系外省人，昨夜过寒舍，和楫儿闲谈，相助楫儿多金，勉伊成家上进。此人素重朋友，取之并无伤廉，特来告知亲翁，愿亲翁重申前议，使楫儿仍为翁婿，以了吾辈向平之愿。"

嵇翁听了笑道："此固小弟夙愿，特未蒙亲翁允许，小弟虽无雅骨，岂以贫富介怀？"

两家既无异议，这婚姻自然容容易易配成了眷属。

燕儿于归之后，事翁极孝，视莺儿襁褓子寄生极慈，井臼躬操，不类富家女，和作舟琴瑟之间，如宾如友，极其浓笃。

会从莺儿纪辰后一日，燕儿抱子寄生，展拜莺儿之墓。当有新任县令吴俊之子文远，带着两个长随，游行绵山，偶见燕儿天然丽质，摈绝铅华，心中不由大动，问明郊外的人，知为余氏新妇，料作舟父子系寒士，归而告其父吴俊。

这吴俊本系捐班出身，家中很有一笔财产，花了几个钱，买得这个县知事。膝下只生有吴文远一个龙蛋，平时惯养得了不得，做了官，也把他带到任上。

文远对于翰墨文章却是无缘，专喜欢任意游荡，吴俊却也不拘管他，仗着自家有的是钱，做的是官，任凭他儿子在外面行凶作恶。闹出变故来，就在上峰官面前买一回关节，用几个钱，还不是敷衍了事？并且他做官的手段倒很油滑，虽是新到任的官，但凡地方上占有势力的绅士，都已同他一鼻孔出气，公私都肯讲个交情。

这次听文远说是余家的媳妇如何貌美，文远要娶她做个小老婆，他也因为抱孙心切，文远的妻子品貌虽也不错，但好像没有从娘家带来养儿子的家伙，几次想给文远娶个小老婆，无如那些庸脂俗粉，都不能中文远的意。

如今文远已看中了一个人，这是极端的好事。余家父子虽是秀才，但系寒士，没有什么势力，做官的势力能压得倒百姓，黄的是金，白的是银，又能哄得没钱人眼红，便打发两个爷们，到绵山来，对余怀德父子说："县衙里小爷要买余先生的妻子做妾，看余老先生要多少卖身价，县太爷说是分文并不短少。"

余怀德父子听得两个爷们的话，几乎把胸脯都气破了，余怀德便向两个爷们翻了翻眼说道："天地间有不讲道理的强盗，原来也有不讲道理的官，这些混账王八东西，要算乱臣贼子，人人得而诛之者也。"

两个爷们被余怀德骂了个狗血淋头，便冷笑道："你要使威风骂人，只管向县太爷、少爷面前去使，大不了一个酸秀才，孤陋寡闻，哪知道外面天多高、地多厚！我们劝你看破一点儿吧，把你家媳妇卖给少爷做妾，落得一个人情，至少要得一二千两银子。要想把持不肯，你就是个不打不出血的脓包。"

怀德只气得扪胸切齿，口里连说："反了反了！仕途上竟有这些衣冠禽兽，真是反了反了！"

作舟听两个爷们许多无理的话，心中早是冒火，但看他父亲气到这个样子，上了一把年纪的人，如何禁得起这样气恼呢？只得捺住满腔愤火，向两个爷们好好地说道："少爷腰缠十万贯，什么地方娶不到妾？敝内身有宿疾，将不久人世，少爷又何必和余某争此泉下物呢？"

两个爷们听了，笑道："是呀！这几句话才像个人说的，卖不卖由你，又不是我们要买小老婆的。官差理差，我们来得不差，要骂只管向县衙里去骂，只怕那个老甲鱼骂着我们事小，若当面怒恼我们太爷祸大。"

两个爷们说过这样话，便笑吟吟地走了。两个爷们回去禀告，吴俊既知道余家父子立意不肯将燕儿卖给文远做小老婆，勉强劝文远且死了这条心，再去寻访一个买来好了。

文远怒道："这两个穷秀才，有什么大不了？我们这里快赶派几个有本领的人，去抢余家的媳妇，抢到了县里，便是我的小老婆。我要给他几个卖身价，就给他几个卖身价，天高皇帝远，怕他到什么地方去打官司？"

吴俊只拗不过他儿子的脾气，暗暗伪造一纸卖身契，着令十来个有本领的人，黑夜到绵山来，悄悄将余家全家用迷魂药迷翻了，在那卖身字上印下余家父子的手印，便将燕儿抢到县衙。

只到五更头鸣以后，怀德父子从昏糊中醒来，看他们大拇指上都涂着黑墨，早想那时见有十来个强盗，人不知鬼不觉地闯了进门，以后便闻得一阵异香，迷翻了过去。此刻醒转过来，由作舟到房里看时，寄儿酣睡在床，房里的东西并没移动，只不见了燕儿，才知上了姓吴的圈套。在先只当两个爷们说了下场话，无论如何，没有做官的人强抢民家妇女的事。若知道有这夜的祸变，也早将燕儿藏到娘家去了。

当下作舟急忙去通报嵇翁，嵇翁老夫妇听报，大吃一惊，便同作舟前来看时，却又有一件椎心切骨的事，使作舟见了，只哭了一声："爷!"早昏晕过去。

毕竟是怎样一件事，且俟第九回书中再续。

第九回

辛风泪雨郊外遇奇人
灰线草蛇庙中逢故友

　　话说余作舟领着他的岳父、岳母走进家中来，先到燕儿房中一看，哪里能有个燕儿呢？

　　嵇翁夫妇俱不禁失声痛哭。作舟亦大哭。

　　忽听寄生呱呱的啼声，听这啼声，便在西房里，作舟便将悲声收住。

　　又听他父亲余怀德喘吁吁在那西房里叫道："楫儿，来！予与尔言，予将与尔长别矣！"

　　作舟猛听他父亲声调凄怆，语言沉痛，一颗心只是倏倏地跳。匆匆走到西房，早看他父亲睡在床上，手按着自己的头，一手拍着寄生儿，叫他不用啼哭，面上像涂了一层金箔，只没有半点儿血脉。作舟忙扑到床前，脚下几乎滑了一跤，低头看时，正应得古小说书中所谓不看犹可，这一看，早吓得作舟又浑身直抖起来。

原来床前脚板上，黄的是痰，红的是血，只不知呕有多少。早知他老人家有了偌大的年纪，受不起那样激刺，竟尔愤火中烧，气填胸臆，呕出这许多红块子来，更比万把钢刀刺到他的心肝还痛。只向怀德叫了声："爷!"便有些要晕厥的光景。

忽然怀德吐着苍缓无力的声音，说是："水哉水哉!"

只不听作舟答应。怀德的声音愈说愈高，愈高愈觉无力。

此时东房里嵇翁夫妇早惊得走过西房，看这光景不好，好容易先将作舟推醒过来，便由嵇翁抱着寄生，嵇母去烹得茶来，斟一杯给作舟递到怀德面前。

怀德吃过茶，又叫道："杯水争救得我心中车薪之火! 天丧予，天丧予! 何取于水也?"

说着，便执住作舟之手说道："余之疾，非和缓所能医治，势将就木，所不能瞑目者，余媳遭此鞠凶，未得亲见生还耳! 予死后，慎毋为予哭之恸，汝有杀父之仇、夺妻之恨，固与伊等不共戴天。即予生不能唉噬其肉，九泉有知，亦当为厉鬼，以杖叩其胫。"

余怀德说完这话，便是上气接不上下气，只见他嘴唇还翕动着，两眼忽一翻，两足只一伸，已是呜呼哀哉，伏惟尚飨了。

余作舟见他父亲已死，只禁不住哀哀沉痛，又哭几个死去活来。

嵇翁夫妇先给作舟料理父丧，将怀德殡殓入土，夫妇便到县城，探听燕儿消息。

作舟既痛父仇，又思妻辱，每看寄生思念继母，益觉愤塞喉吭，有冤只没处申泄。欲想抱子兴讼，终觉现今的官吏，多是见钱眼红，同姓吴的去打官司，这冤仇便算沉于海底了。思来想去，唯有仰天饮泣。

及至嵇翁夫妇从县城回来时，打探燕儿临难不屈，却被余文远父子转送给山西提督濮继唐的儿子濮崇虎了。作舟听到这样消息，仍将寄生托嵇母收养，商请嵇翁到山西去，探问燕儿消息，终日如痴如醉，哭了便想，想了又哭，总是一筹莫展。每想身怀利刃，黑夜前往县城，刺杀吴俊父子，为已死的老父报仇，为未死的贤妻雪愤。但自念一介文弱书生，像这风都吹得倒的样子，如何能刺杀吴家父子？何况他们父子的仆从甚强，自家便不是个文弱书生，拼着一身剐，也难做得这样冒险成功的事。要报吴家的仇，非暗刺不为功；要暗刺吴家父子，非得有帮手，并且要那帮手有要离之智、专诸之勇不为功。

当初没有和燕儿偕成伉俪，记得有一夜，先父到邻村去吃酒，没有回来，却有一位化装为女的大剑侠，前来试验我的心怀，送我两根蒜条金、两个银锭，使我得续弦，再成了家室。每想到那剑侠的私恩，使我无从答报，有他的机智和本领，足能给我报雪大仇。只是他当时不肯将姓名、来历告诉我，叫我到什么地方能够寻着他，请他给我刺杀吴家父子，到太原去救回我的燕儿呢？但他曾对我剖诚相示，我那时胸中的忧抑，他不待我说明，已完全知道，好像他终日同我在一处的样子。我没有续弦成家，他肯来帮助我，如今我遭受这样奇冤，不见他前来替我报复，他是到哪里去了？唉！古小说书上载有这种神龙见首不见尾的剑侠很多，我想他们游行天下，游行到什么地方，在那地方探访一番，便给那地方的人士解除痛苦，安知那位化装为女的大剑侠，不是虬髯、红线一类的人呢？

余作舟似这么想了多时，眼看天色已晚，天上布着淡清的疏星，兀自走出门来，跑到怀德坟前痛哭。

忽听背后有人拍着他问道："你这小子，哭得这样伤心，何妨告诉我，替你想想法子？"

怀德从哀哀沉痛之中猛听得有人向他问话，回头一看，星光下，却看得明白，是一个老叫花子站在他的面前。脸上瘦得像棺材里骷髅一样，一嘴的胡子被涕沫填满了。光着头没一根发，上身是赤膊着，露出棱棱的瘦骨几根、瘪瘪的鸡皮一片，灰尘满积，如同多年没有洗过澡一般。下身披了一片稿荐，膝以下都流露出来。左脚穿着一只草履，右脚跋着一只没了跟的鞋子，翻起两个电也似的眼珠，向作舟注视着，表示他极切关心，专等作舟回话的神态。

余作舟看见老叫花这种脓包样子，不由倒抽了一口冷气，心想：这个可怜的老叫花，苦也苦到极处，穷也穷到极处，他有什么法子能帮助我？心里虽这样想，口里却好好地说道："我心中自有我的事，想起来不由得不使我悲恸。"

老叫花哈哈一笑，响彻云霄，说："你心里可怜我是个老叫花，苦也苦极，穷也穷极，能有什么法子帮助你？难道你的事就是快乐和有钱的人能帮助吗？像你这种眼睛，哪里能配说请人帮助报仇的话？"

作舟一听老叫花的话，暗想：我心里的意思，尚未明说出来，他同亲眼看见的一样，像他这类穷苦的老叫花子，谁也见他可怜，不想他说话能看穿我的心胆，倒也有些来历。

作舟刚这么想着，老叫花又说道："本来你说话，使我如见肺肝，算我也有些来历，我岂是受人可怜的人，你岂是可怜我的人？说余家小子，蒙受这样不白的奇冤，死者必能昭雪，生者必可生还。我看这小子还是个黑纸糊灯笼，一些不明白的东西。你哭也好，笑也好，能昭雪冤仇也好，不能昭雪也好，与我这老叫花有什么相干？要我帮你什么？我还要讨饭去。"说着，抽身便走。

作舟忽地将老叫花一把拉住，跪下来说道："小子天生肉眼，不识得老人家是活菩萨，乞老人家过寒舍一谈，小子自当掬诚相示，千万要求你老人家帮助。倘能昭雪奇冤，便是小子的重生父母。"

老叫花道："我肚里饿得很，要吃点儿东西，你家有可吃的东西吗？我要好吃的才吃，吃饱了肚子，有得同你说话的时候。"

作舟道："东西是有的，我想你老人家吃了很可口。"

老叫花不由哈天扑地，随着作舟到他家里来。作舟忙在厨下弄了几样肴菜，送给老叫花面前。

老叫花道："肴菜好，你是个斯文人，怎也会做肴菜？"

作舟道："小子前妻逝后，井臼躬操，所以小子胡乱会办几样肴菜，只怕老人家吃了不可口。"

老叫花更不答话，只顾狼吞虎咽，顷刻间把几样肴菜都吃完了，还嚷着要添。

作舟道："请老人家等一等，小子就去再烧一样好的肴菜，给老人家吃。"

作舟去后，老叫花在那里坐等了好一会儿，才见作舟端上一大碗肉汤来。老叫花见了笑道："好一阵肉香，把我喉咙里馋虫子都爬出来了。"

旋说旋用口喝着肉汤，用手到碗里掐着肉吃。一霎时肉也吃尽了，汤也喝完了，老叫花还像没有饱的样子，向作舟笑道："这肉汤还有吗？有就再弄一碗来吃，我活了三百多年，还没吃过这样新鲜可口的肉，索性给我吃个饱，我好给你想个法子。"

作舟听了，不由现出很为难的神气。

老叫花道："怎么？肉是没有了吗？哎呀呀！你两膀臂的衣上，哪里来的这些血迹？我看你这样，什么都不要吃了，你袒开膀臂给我看，不看是不行。"

作舟被逼不过，只得把两臂袒开来。老叫花看了，故意把舌头伸了伸说道："我吃的原是人肉呀！看你两臂的肉都割去了，你痛也不痛？"

作舟道："一点儿也不痛，一点儿也不痛。"

老叫花道："你怎的将两臂的肉烹出来给我吃？你有什么话，尽可对我说明。"

作舟把杀父的冤仇、夺妻的奇辱，一五一十向老叫花说了一遍，道："小子因那姓吴的父子势力太大，说不定濮家的父子也未尝不是姓吴的一样的人，天高皇帝远，小子有冤只没处申泄。每想用暗刺手段报复父仇，自顾这文弱身躯，没有些本领。左思右想，实在筹不出可以报雪冤仇的法子来，除了痛哭流涕之外，没有旁的话说。天幸得遇老人家这样的活菩萨，肯给小子帮忙，小子总打算有活菩萨帮忙，父仇可以昭雪，妻子也可以生还了。老人家要吃东西，小子只弄了先父祭余的几样肴菜，已给老人家吃完了。在这荒山僻壤之间，仓促间哪里再有很可口的东西给老人家吃呢？只得到厨下割了两臂的肉，烧了一碗汤。想你老人家吃了可口，好给小子帮忙。"

老叫花摇手道："不用说了，你走过来，我替你医伤。"

作舟不由走近老叫花面前一步，老叫花用指甲掐破右手的无名指，从那无名指上掐出许多白浆来，滴在作舟两膀臂上，用手在作舟两膀臂上抹了抹，说："好了，好了！我的肉也还给你了，你穿好了衣裳好谈话。"

作舟觉得两臂间有些发痒，再仔细看来，不但伤势平复，连那双臂的肉都热气蒸腾地长起来了，只有碗口大的两个瘢痕。作舟更觉得奇怪，简直真个把老叫花当是活菩萨，以为他必能帮忙，给自家昭雪冤愤，不由又跪在老叫花面前，涕泣求教。

老叫花一把将他拉起，两眼只向他滚着。老叫花眼光闪到作舟身上什么地方，他眼中的电光便照在作舟身上什么地方，向作舟狂笑道："算你的至诚心能感格我这个癫痫头叫花子，有许多学慕仙道的人受尽千辛万苦，尚且找不着我，你有这样遭际，应该知道是很不容易的吗？你的事，我不能替你办到，不过我有法子给你帮忙。山那边有座纯阳庙，那里的签筹极有灵验，我送你前去，你在那里暗祝一番，神明必能指示你一条明路。"

作舟道："老人家不算个活神仙吗？问什么签，

卜什么筶？小子只求老人家的指示。"

老叫花道："这其中的神仙奥妙，岂你所能明了？你放心，这便是癞痢头道人指示你的。"

作舟听老叫花这话，将信将疑地怀了香烛，随从老叫花到山那边来。星光下，早见危峰耸列，拥出一座小小红墙。走近红墙，知道这是纯阳庙，平时也曾到过这纯阳庙外，只见山门冷落，殿宇欹斜，听说里面有个癞痢头道士，并且时常到外面去，不在庙中居住，庙里也没有怎样值钱的东西，不怕有强盗偷去殿上的神像。这夜随老叫花前来，看大门是关起来了。

作舟用手推了推，却是纹风不动。老叫花便来，用手在门上抚摸了两下，呀地作响，两扇庙门开了。

老叫花道："你到殿上去求签筶，我在门下等候你，你求过签筶，来告诉我，我可以替你参详参详。你不用心疑，癞痢头道人的话绝不负你。"

作舟便向老叫花拱了拱手，随即走到大殿上，看那里光线犹明，当中供着纯阳道像，两边也塑着许多道袍鹤氅的小动物。神台并没有灯光，这光线是从哪里来的？抬头一看，原是上面的屋瓦，现出个很大的窟窿，天上的星光从那窟窿里射了下来，看神台上不但没有签筶，连香炉烛台都没有。作舟暗想：殿上没有签筶，叫我怎样求签呢？旋想旋走出殿外。

到庙门口，再寻老叫花问时，哪里还见到个老叫花呢？又在庙前庙后都寻了个遍，只不见老叫花的踪迹。心里想道：我受了癞痢头道人的欺弄吗？不过他的行径像个神仙，他不能帮我办事，要这么欺弄我做什么呢？

边想边又转到庙门口，只当作老叫花走进庙里，且再向庙里寻找一番。谁知走进庙门，便见有三道电光从身边闪了过去，直闪到后面便不见了。

作舟好生惊讶，在这庙里寻觅多时，什么电光也没有，连老叫花也不知何处去了。再转到大殿上，便俯伏在纯阳木偶案前，又哀哀痛哭起来。只哭了好大一会儿工夫，起身揩了揩眼泪，心想：这癞痢头道人已弃我而去，便在这里夜哭到明，明哭到夜，也哭不出个癞痢头叫花来帮我的忙，真个给我报复了杀父之仇、夺妻之恨，不若回家去再做计较。想着，便转身走了。

才走出殿门，猛听后面呼啦啦风声作响，直吹得作舟的毛骨俱竖，几乎要叫出爷娘来。

风声过处，忽有一个女子拉住作舟衣袖说道："你是哪里来的？为什么半夜三更在这里号哭？"

作舟向那女子望了望，不由失声叫着："哎呀！癫痫头道人不是个活菩萨吗？天可怜我余楫一片孝心，却好在这地方遇见了你，总算我这不共戴天的冤仇，不致沉没海底。"

旋说旋也将那女子的纤手拉住，说："你撇得我好苦！你是在哪里来的？不要使我在这五日以内，想坏了你。"

那女子道："且慢！你方才说是癫痫头道人是个活菩萨，你从什么地方会见癫痫头道人的？他穿的什么样的衣，是什么样的相貌，有多大的年纪，可是一个胖子？"

作舟听了，便不慌不忙地向那女子说一个明白。

要知后事如何，且俟第十回中再续。

第十回

古庙泄冤情苍天有眼
官衙刺恶少金剪无声

话说那女子要问明余作舟从什么地方会见癫痫头道人，那道人是穿的怎样的衣，是怎样的面貌，有多大的年纪，可是个胖子。

作舟不慌不忙地回道："不是个胖子，却是个枯瘦如柴的老叫花，上身没穿着衣服，下身只披了一片稿荐。是怎样的面貌。据他自己说，年纪已有三百多岁。是在郊外会见他的。"

那女子又问道："他可是个瞎子吗？"

作舟道："不是个瞎子，他两个眼睛闪起来，同小星一样，眼睛闪到我身上什么地方，那眼中的电光便闪到我身上什么地方。"

那女子道："他背后可有辫子吗？"

作舟道："光着头，没一根发，如何说他是个有辫子的？"

那女子听了讶道："癞痢头道人是我们的祖师，六年前我曾会过他老人家一面，你得遇见我们祖师，这是你的精诚所感。我问你，我在去年同你订立神交，以为你们少年人没有老婆，特送你两根蒜条金、两只银锭，使你续弦得成立家室。后来打探你同嵇家的小女儿伉俪之情，十分融洽，我听了好不欢喜。只是你现在身穿孝服，无端来到这地方哭泣，庙门是关着的，你如何进来？又怎样会见我们祖师的？"

作舟听完这话，未开言早流下几点泪来，便将燕儿如何扫莺儿之墓，不幸遇着现任知县吴俊的儿子吴文远，很对燕儿现出儇薄的神气，不出二日，便有吴俊的两个爷们前来，说是吴少爷想买燕儿做妾，如何他父亲对两个爷们辱骂；两个爷们去了，以后在夜间来了十几个强盗，如何用迷香将他父子闷翻过去，抢去了燕儿，醒时看他父子的下指涂了黑墨，想到那东西预先写好一纸卖身字，却在他父子迷晕的时候，在卖身字打下指印来，他父亲如何气得呕血死了，已殡殓入土；如何他的岳翁、岳母到县城里打探燕儿临难不屈，又被吴俊父子将燕儿转送给山西提督濮继唐的儿子濮崇虎，如何将寄生寄养岳家，如何他岳翁动身到山西去，再探燕儿的生死消息；他是如何一筹莫展，跑到他父亲坟前号丧，得遇癫痫头道人的，如何癫痫头同他回家，割臂肉给道人充饥，如何道人察觉割臂求计的事，给他医好的臂伤，说纯阳庙的签筶如何灵验，如何随道人到纯阳庙，由道人推开了庙门，叫他到殿上求签，道人只在庙外等着，如何他到大殿上，见没有签筶，出来寻问道人，便不见道人的踪迹；如何在纯阳庙左近的地方寻不着道人，如何见有三道电光，似乎在重进庙门的时候，打从身边闪过去，闪到后院便不见了，如何又在庙中寻找多时，重行跑到大殿神像面前哭泣。

把这许多情形，子午卯酉，逐层逐节地说了一遍，道："自从那夜和足下揖别以后，每念大恩，使我无从答报，估量足下不是剑仙，必是一位大剑侠，化装作女子，巡查人间善恶，解除一切痛苦的。不幸匹夫无罪，怀璧便罪有攸归。如今家庭横遭惨变，先父呕血以死，赍愤九泉，敝内又没有生还希望，对于公私两个题目，都觉势孤力薄，使大仇不能昭雪，又未可以行险侥幸，一死了事。欲想寻求足下帮我的忙，无如足下当初既不肯以真姓名告诉我，来历更使我无从知道，到什么地方能寻得足下呢？难得足下的祖师这么地点化愚蒙，使小生得与足下有重行相逢的一日。倘足下肯给小生帮忙，不但小生感激祖师点化之恩，足下仗义锄奸之德，便是先父九泉有知，亦当衔环结草，以报足下大恩万一。"

那女子听了，回道："当初我不肯将姓名、来历告诉你，就因我们一班的剑客，苟非同道中人，若胡乱转易告诉人姓名、来历，凡是剑术门下的人，没有这种规矩。但你的精诚既能感格祖师，将来未尝不是同道中人，我正不妨且将姓名、来历明白奉告，只是你不能转告给外人知道。我柳星胆是安徽黟山的人，也因杀父之仇未报，得遇祖师点化我，从师学成剑术，报复了父仇。祖师姓张，讳三峰，是胡元时人，外号叫作张癫头，活到现在，算来也有三百多岁。平时都喜欢这类叫花子的装束，混迹尘寰，不是道中人，绝不能见面，硬认出是一位道法高深的剑仙畸士。你得遭遇祖师，固然是你精诚所感，也是尊太爷在天之灵从暗中默佑。我柳星胆剑术门墙，禀受剑门遗传的性质，平生不喜混交尘俗，但有方正不苟，或有血性热肠的人，多喜欢接近。

"在一年前，早听得君家父子是诚介方正的老成君子，及试验你的心情，能在危崖绊住了意马，更是少年人当中的凤毛麟角，很愿和你做个神交的朋友，区区之赠，又何足介齿？不想近年以来，兄弟少到山那边去，最近又被敝家师带同兄弟到云南去贺喜，所以君家遭此惨变，使我无从知闻。

"先生方才重行走进庙门，见有三道电光，似乎从你身边闪过去，闪到后院便不见踪迹，那就是敝家师带领我们师兄弟从云南贺喜回来，你何从知道？

"敝家师每出门时，都吩咐我们大师兄，把庙门关起来，回来觉得庙门开放了，竟容得山中人出入，很责备大师兄，忘记他老人家的吩咐。并且我那时在仓促之间，也没有看清是你，及听得一阵阵哭声，哭得甚是凄恻，敝家师才派我出来，看是什么人啼哭，不想是你被祖师指点到这地方啼哭的。你且放心，尊大人的仇冤，和嫂夫人的着落，兄弟去禀复敝家师，有一分力量，尽一分力量，总该如从你的心愿。"

作舟道："令师和足下住在庙里什么地方？兄弟平时只听说有个癫痫头道人在庙里服侍香火，如今听足下说话的意思，好像令师徒都住在里面，乞足下引进，使兄弟得拜识尊师，诉泄胸中冤苦。倘能借足下臂助，得报复先父大仇，使燕儿得以生还，足下便是我的重生父母。"

星胆听了，转现出不耐烦的神气说道："先生常对我说出答报恭维的话，显得又责备我不是朋友。请你回家去，坐听好消息，不可把今夜的情形告诉别人知道。你再有什么祸变，我们师徒都可以设法维持，断不致再有大乱子出。我们住在庙里什么地方，你且可以不问。"

说罢，便做出要送客的样子，作舟只得辞别。

作舟回家，这也按下不讲，单说星胆转回地室禀复狄龙骏，说是如此。

狄龙骏道："这余家小子，能得祖师指点，其至诚心当非寻常所及。我派你同璇姑两人出马，第一先要将生者救回，第二步再给死者报雪冤愤，得使你们便宜行事。"

星胆领命，同璇姑去了两天，没有回来。

这日，吴太太到绵山来见狄龙骏，先将慧远到恒山采得千年的荷人，曾见冯起来身边藏有青锋、秋月剑的情形向狄龙骏仔细说了。然后又给慧远邀请狄龙骏师徒，在九月十五那夜初更时分，到虎泉寺大吃荷人。

狄龙骏听了大喜，说："青锋、秋月剑有了着落，不知我那两个小徒听了，应该怎样欢喜。"

吴太太道："星胆、璇姑到哪里去了，怎么我进来时，没看见这两个孩子？"

狄龙骏便将星胆、璇姑给余家打抱不平，奉命到太原去救燕儿的事向吴太太说了。吴太太也没把这件事放在心上，以为星胆、璇姑两人到山西提督署中救回燕儿，真不费他们两人吹灰之力。不过要盗回这青锋、秋月两柄剑，便由他们两人出马，不见得以后能盗得怎样顺手。便拈了一课，看课爻虽透着凶险气象，但终能逢凶化吉，化险为夷，这青锋、秋月剑，总该有日归还原主，也就罢了，便辞别狄龙骏回绵山去了。

作书的一支笔，却要转到山西提督濮继唐身上。这濮继唐出身很卑，仗着他有的是本领，投营效力，很立了不少的功绩，由百夫长继续升作山西的提督，外面的名气也好，其实暗地里什么强盗贼爷爷的事都干得出。

濮继唐的大儿子濮崇虎，年纪虽轻得很，据太原人传说，这濮崇虎的本领虽不能加乎濮继唐之上，却也绝不在濮继唐之下。但濮崇虎虽系公子哥儿出身，弄钱的手段却是极高，有人在濮继唐跟前买通关节，都由濮崇虎经手接洽。濮继唐只装作不知，仗着濮崇虎和买通关节的人接洽的手段很精密，不致败坏名气，所以遇有关节可卖的事，尽叫濮崇虎独力经理。

不知平遥那个新任县知事吴俊，在山西省城候补，他是个捐班出身，只巴结山西文官衙门不上，如何钻到得濮崇虎这个门路，花了几个钱，和濮崇虎拜了个把兄弟。其实吴俊的年纪比濮崇虎大一倍，拜把兄弟自是官场中人联络官场中人的一种手段。濮崇虎既得了吴俊的钱，自然在濮继唐面前说吴俊一声好，濮继唐也就明白是姓吴的银子在暗中说话，便在藩署衙门也说吴俊一声好。藩署也能明白这姓吴的和濮继唐有了关系，如何违拗得他的老面子，便将吴俊挂牌，实授吴俊平遥知县。

吴俊仗着濮家父子是他背后一把泰山椅子，在平遥地方得联络乡绅，欺压百姓。幸亏他是新任的官，若长久下来，他在濮崇虎那里用的银子早已本利到手了，但他也知饮水思源，还要准备答报濮崇虎提拔的恩典，只没有个可以报答的巧机会。恰好他的儿子吴文远差了几个勇武有力的汉子，把余作舟的妻子嵇燕儿抢回县衙门来。

吴俊本意想燕儿随从文远做妾，无如燕儿只是痛哭，不肯跟吴文远做下这种丧名辱节的事，和丈夫、儿子一旦拆开。吴文远以为燕儿不肯遵从，这是女孩儿改头换面时一种经过的性气，没有拗不转她的心，便将燕儿拘囚在一间房里，着令两个丫鬟轮流监护。

燕儿这时候已知吴文远父子伪造了卖身字，印下她丈夫和阿翁的手印了，狼子野心，竟谋抢良家妇女做妾，深恨吴文远倚仗着人多势大，欺骗穷人，想谋遂自己的兽欲，硬叫人家骨肉分离，早已准备一死了事。后来转念一想，若是那么悄悄死了，太便宜了这个嫖棍，老娘的性命不是一文不值，要死也得先叫这种浑蛋死在老娘手里。双珠一转，早已有了个计较，向监护的丫鬟说道："少爷要我做妾，他用手段制得我翁、夫，用势力逼迫我，他就能逼迫我的身体，不能买我的心，我的心不肯忍气吞声，跟他做妾。你们就是监护着我，有什么用处？我今日不死，明日也不死，你们能监护到哪一时呢？死的方法又不少，譬如我不吃饭会饿死，不穿衣裳会冻死，只要我想死，再加上几个人监护我，我总有个死法。"

有一个丫鬟听了问道："姨太太，少爷要怎样才买得转你的心呢？"

燕儿道:"要买我的心,就得放我回家去。我想那个可爱的寄生儿,虽非我亲生,但是我姐姐的一点儿骨血,平时趴在我的怀里,有玩有笑,使我如何能同他一旦分拆开来?"

那丫鬟便将她这派话去告知吴文远。吴文远听了笑道:"这是她已经回过心来,说的几句下场话。你们只好好地服侍她,就只说要她跟我做妾,不拘什么话,我都可以依从。"

丫鬟回到房中,将吴文远末了的三句话向燕儿说了。

燕儿听了,哭道:"罢了罢了,叫我哪有面目再见余郎呢?"

这边吴文远看燕儿已经软服下来,直喜得心花俱开。本县的绅士及衙门中吃公事饭的人都来向吴文远父子道喜,吴俊便吩咐挂灯结彩,俨然同做喜事的样子,办了些酒席,款待贺客。众贺客都恭维吴文远的艳福极大,谁肯说出半个不赞美的字呢?

这晚,吴文远因被那些贺客恭维得快活,多喝了两杯酒,先跑到他大奶奶房中笑道:"我今夜对不起你,改日总填补得这一夜的恩情。"

大奶奶含着满口的酸,只说不出一个苦字,眼看自家衣食饭碗被人占去，知道吴文远的脾气，又不敢发作，只怪自己不争气，在娘家因会养儿子，吃了凉药，到婆家就再没有儿子养出来，本难禁止丈夫不生外心，这夜也就没法能挽留他在房里住宿，便横了横心，向文远的眉心戳了戳，说："你去吧！可别再说这哄人的话，我这房里，有老虎要吃你呢。"

吴文远好似十万八千毛孔，个个孔里都蹦出个快活来，乘兴到燕儿房中，准备享受她的艳福。一见燕儿的面，就将房里的丫鬟支使开去，呀地关了房门，就想上前将燕儿搂住。

燕儿连忙避开道："莽郎君，吓杀我了，我这时肚里饿得很，怎禁得起你们男子汉吃得酒醉饭饱？这一来，不要把我的魂灵都吓碎了吗？"

文远不知怎的，经燕儿这一拒撑，两手自然开放了，转身开了房门，叫了声："来人！"

其时梳妆台上适放着一把剪刀，早被燕儿看在眼里，因有丫鬟在房监护，没将剪刀收藏在身边，却在文远开门叫了声来人的时候，燕儿早挨到梳妆台边，拿了剪刀。却见有个丫鬟应声而来，又不好下手，仍挨在床沿坐下。

文远向那丫鬟发作道："你们这些奴才，通共没有安着魂灵，只忙乱到这早晚还没弄饭给姨太太吃。快送几样好的饭菜上来！"

丫鬟连连答应去了。

吴文远刚才转身，忽见燕儿走近他的身边，一把剪刀，看刺到他咽喉上，还哭着说道："叫你知道娘的厉害！"

欲知后事如何，且俟十一回再续。

第十一回

俏丫鬟多情羡凤
恶公子着意怜香

话说嵇燕儿趁吴文远转身的当儿，猛地走近他的身旁，提起剪刀，要向他咽喉上刺下，口里还嚷骂道："叫你这东西认得娘的手段！"

岂知文远见她把剪刀刺来了，暗叫了声："不好！"连忙向她身旁闪过，好险，那剪刀却从文远身边闪过去，落在地板上，铮地作响。燕儿再想拾起剪刀，早被吴文远将她轻轻提起，用个合手为拿的姿势，又将她抱到床上。

燕儿到了这时，转惊得六神无主。文远也不声张，一手捏住燕儿的双手，一手扯着燕儿的衣服，虎吃熊殴，两腿又紧跪在燕儿双腿上。燕儿只不住叫喊，接连出了几阵冷汗，汗出得没有了，却总摊到两只眼里，变出眼泪直流。

正在这开不了交的时候，却惊动了许多仆妇，闻声而来，便是在先那个弄菜的丫鬟，也钻来看个热闹。文远因碍着许多仆妇挤到房中来，不好将燕儿衣服扯个尽净，一声令下，那些仆婢便齐打伙，拿了两根绳索，把燕儿捆了个猿猴献果，吊在天花板上。文远便拾起剪刀，将燕儿谋刺的情形向众仆妇说完了，那胸中的无明业火禁不住阵阵冲到颠顶，便指着燕儿骂道："大不了你是个穷秀才的媳妇，少爷弄你来做姨太太，有什么玷屈了你？你日间飞金溺壶地在少爷面前装着憨腔，少爷却也挂灯结彩，满心抬举你，想破你这已经被人破过的身体。你这小蹄子，偏想陪着那混账乌龟过日月，没有半点儿心在少爷这里，真个狗咬吕洞宾，颠倒不识好歹。你不肯做少爷的姨太太，倒也罢了，却心怀叵测，要想少爷的命，斩断我吴家一脉香烟。不是少爷的手脚快了些，险些把这命根子交到你的手里。再不显点儿手段给你看，你也不知少爷的厉害。"

燕儿听了，便流泪回道："你有势焰，能使我全家骨肉分离，你有手段，能使我的翁、夫在你伪造的卖身字上落下手印，硬要我不得不答应你的话。我除了这一招，还有什么计较奈何你？于今我的计较是不行了，总算你有造化，我姓嵇的没有造化，你尽可使出手段来处死我，不用多讲废话。"

燕儿的话说完了，内中有个丫鬟说道："姨太太怎这样的傻，不识少爷的心？姨太太从此肯安心顺从少爷，这是天字一号的造化，若再是这样扭手动脚的，就显得世间破身失节的妇女都是歪货，独你一个人正气吗？"

燕儿哭道："你们这些话，说来说去，拢共没一句能贯在我的耳朵里。他就不处死我，我不是对你们说过了吗？不穿衣裳我会冻死，不吃茶饭我会饿死，我除了一死，没有旁的话讲。"

那丫鬟又劝道："与其死了做鬼，倒不如做姨太太的开心。"

文远不待那丫鬟接说下去，便冷笑了一声道："狗！她有这造化吗？左右！快给我拿上皮鞭子来，打她个下马威，不打是不行。"

那丫鬟又说道："且慢！凭少爷的身份，恨起来要立刻打杀她，比在笼子里捏死个雀儿还容易。好少爷，这个须不是闹脾气玩的，就算人家得罪了少爷，也算她中了圣贤书上三贞九烈的邪毒，须得慢慢将她劝说回来。少爷要可怜她是个女子，遇事要包荒些。还请少爷看我平时依得你的事情很多，这一次，却要请依我，如果我今夜劝不转她的心来，任凭少爷将她这精皮肤打了个稀烂。"

文远听丫鬟的话，转然笑起来，抬头指着燕儿说道："也罢，看在这位秋月姐姐的分上，且记下你三百皮鞭子，看你且将就嫁给了我做个姨太太吧！休论我这面庞，真是粉装玉琢，不见得比那姓余的秀才不漂亮些，我就是秃爪、瘸腿、烂红睛、浑身污臭、生着大麻风，我要你怎样，难道你终能逃脱我的手？不依我怎样，再敢对我扭一扭吗？"

正说到这里，忽然吴俊有个爷们在房外叫着："少爷，太爷有话在厅上要问你呢！"

文远听了，便向那丫鬟挤眼色、做手势，随着那爷们去了。

文远去了以后，房中仆妇也就散了一大半，秋月同两个丫鬟搬起一张椅子，放在桌案上，将燕儿从上面解下来，且不给她松绑，仍然将她放在床上，花言巧语，劝说了一大篇。燕儿唯有流泪，抵死不肯听从，把个秋月直说得唇焦舌敝，只没有半点儿效验。

一会儿，文远走进房来，向秋月问道："怎么样？"

秋月只顾皱着眉毛，摇着头。

文远道："她既没有心肯顺从我，你就用两张嘴说出一部天书，也是枉然。还算我姓吴的没有这福，受不起她一路的香火，不如少做些冤孽，我们这样无恶不作的人，也该做一件好事，开笼放鸟，送她回转绵山，好叫她母子夫妻重圆骨肉。"

燕儿做梦不打算文远这个强盗行径的人，陡然会说出一派菩萨心肠的话，心房里不由充满不少的生气，把求死的念头竟像冬天的薄冰，被东风吹得融化了。正想对文远诉说什么似的，却见秋月笑得哈哈的，向文远讶道："少爷这是什么意思？"

文远道："没有什么意思。方才老太爷对我说，她既不肯顺从我，勉强留她也是无益，不如打发冤家离眼前，免得无事生麻烦。又说：'秋月这孩子也还不错，你平时是爱她的，不若将她收进房来，填补余家媳妇的缺。'"

秋月憨笑道："少爷，你哄我呢！当真少爷肯抬举我，做个姨太太吗？谢谢你！"说罢，便要袅袅婷婷地跪拜下去。

文远笑道："我原是给屁给你吃的，你连屎都吃下去了，又拾得个屎橛子当海参。"

秋月听他这话，早鼓起两个红腮颊，低着头不说什么。

文远转向燕儿说道："你是怎样来的，可是我手下的人把你锁在柜子里，抬到这里来的吗？我这回仍将你放在柜子里，加上一把锁，送你回去，免在一路上招摇耳目。无论要顾全你家丈夫的颜面，便是我姓吴的，也怕惹人议论。这样事说起来，不大好听。"

燕儿只当他这番话不错，不由破涕回道："人孰无过？像少爷知过而改，真正难得。只是那一纸卖身字，少爷要还给我，从此一结百解，我家当感激少爷不尽，断没有使我出乖露丑去打官司。"

文远道："你们真是妇人女子的见识，我既放你回去，难道还要想你做我姨太太？卖身字有什么关系，本当随时还给你，但为我们这方面划算，不还给你稳当些。我今日成全你，只望你后来对你的夫婿不说我的坏话，我就感谢你不尽。卖身字且寄在这里，你放宽怀抱，此去善事夫婿，要紧要紧。"

燕儿听他的话说得很是近情，也就不用深究。

文远便叫人抬进一只大衣柜，给燕儿松了绑，放

125

在衣柜里，洒了一瓶闷香，便将那衣柜锁好了。燕儿被闷香迷翻了过去，在模模糊糊的梦里，也不知经过多少时间，似乎觉得顶梁上被人喷了一口冷浸浸的东西。燕儿蓦地醒来，睁眼看时，心里又老大吃了一吓，你道是什么缘故？

原来濮继唐的儿子濮崇虎，那日游行到平遥时，已是初更时候，听说平遥知县吴俊的儿子吴文远抢去绵山姓余的秀才娘子做妾，有许多乡绅僚客在县衙里大吃喜酒，并听得那余家娘子的品貌分明是天香国色，在平遥县里，再找不出第二个来。濮崇虎虽同吴俊拜过把兄弟，但因他这仗人势的贱狗，竟纵容他儿子吴文远抢逼良家女子做妾，这种不法举动，若是犯了事，他们父子两个的脑袋，至少也要砍去一个。难得这个好机会，又想在吴俊身上大敲一笔竹杠，却也不便招摇耳目。听得那些吃喜酒的人都散尽了，青衣小帽，到平遥县衙中来。

吴俊正听家中的仆婢报说燕儿用剪刀谋划刺文俊的情形，在吴俊的意思，只要文远没有受伤，倒也放宽心怀，对于燕儿的处置，料文远绝不致下手杀死她，也只听文远着落。

却好见有人拿了一张名片进来，吴俊看是濮崇虎的名片，心里正不知是惊是喜，吩咐大开仪门，来接濮崇虎，却不妨濮崇虎已在这时候，闯进上房来了。

吴俊拿出儿子见着老子的神气，向濮崇虎请了个安。濮崇虎却也还他一礼，劈口便打了个哈哈，笑道："听说老大哥那位大少爷艳福极大，将良民人家的妇女抢逼衙门中来，纳为小星，害得人家母哭儿啼，夫离妻散。只怪那个该死的余家娘子，不知道回避大少爷，应该抢到衙门中来破身失节，并不委屈她。我听了特地前来贺喜，也正想讨一杯喜酒喝喝。"

吴俊一听濮崇虎的这类语言不对，早吃了一惊，连忙分辩道："吴某何敢纵子不法？此人实系用一千两买来，并不是抢逼来的。凡事望公子爷看结义分上，要求大度包涵，吴某并非不懂人事。"说罢，便要向濮崇虎跪拜下去。

濮崇虎忙将他一把拉起，说道："好说，兄弟有何德何能，敢当老大哥这般敬意？少爷要抢逼良家妇女做妾，莫说抢一个，就抢十个百个，那些被抢的妇女人家都当感激少爷的私恩，颂扬老大哥的德政。我又不做地方官，自然这事与我无干。老大哥正不用提及当日结拜的私情，百般来为难我，我不明白'懂人事'这三字怎讲。"

吴俊听濮崇虎专说这些挖苦讥讽的话，料想已被他捏住了这个鹅头，不向他弄清一个数目是不行，早屏退左右，把一个指头向濮崇虎伸了伸，带笑说道："文远这小子，在今夜还闹出个笑话，险些被那小妇人伤了性命。"旋说旋将燕儿谋刺文远的情形，向濮崇虎说了。

濮崇虎道："老大哥说的这些话，小弟听了几类春风过耳，只是老大哥指示的数目，拿得出吗?"

吴俊道："吴某想补答公子爷的盛情，也只有天知道，只此数目，便当立刻兑交。"

官场人的面皮，转换得比什么都快，濮崇虎听说这数目已经现成，才油然笑道："老大哥这十万两，兄弟容后偿还，将就开销兄弟外边的私债。老大哥但请放心，休说大少爷抢个把人，便再比这事闹得厉害些，兄弟都可以担当一点儿干系。"

吴俊嗫嚅道："自家人还有什么客气话讲，小弟家中薄有点儿财产，拢共也不过两三万，已在省垣用去了大半，总有未用完的，只是几顷薄田，仓促间不能变出银子来，带到平遥，只这十万两，小弟实在爱莫能助。"

濮崇虎讶道："你说是一万两吗? 这数目还不够

兄弟开销省中堂账，叨承雅爱，兄弟断不敢拜命。"说完这话，脸也红了，气息也急了。

吴俊低头沉吟了一会儿，说道："小弟看那小娘子的容貌，不但世界上没有见过，连画图上也没有见过。"

濮崇虎不待吴俊说下去，便怫然说道："就是国色天仙，也不干卿底事，怎的要你做父母的，倒评起小媳妇的手脚来？"

吴俊低声道："公子爷且请息怒，听吴小弟还有下情容禀。文远这小子性格极坏，讨不了女子的欢喜，并且他的造命极薄，无端得这样天仙美人儿纳为箧室，事成固折促他的寿算，不成倒可以叫他多活几日。小弟素仰公子爷根基深而福命厚，要将此女转献公子爷，乞公子爷笑纳，只当她是小弟的亲妹妹，这一千两，也只当送她的陪嫁，算不了敬意。"

濮崇虎笑道："倒难得老大哥要抬举你大少爷的姜小，做自己的亲妹妹，把这种已经被人玷污了的废物，抵挡九万九千两的银子。也罢！好在兄弟在女人身上花了冤枉的钱，也不止十万两了。敝寓也有二十三房姜小，无如那些姜小大半从窑子里买来的，没有良民人家的妇女。老大哥既这样看得起兄弟，这一千两也算了吧，只是老大哥得给我一纸卖身字。"

吴俊道："用不着小弟写卖身字，断没有点点干碍。"

濮崇虎又转然怒道："是你的亲妹妹，你不写卖身字给我，我不能够仗人势，承受这一路香。"

吴俊忙嬉皮涎脸地赔笑道："余家的卖身字，现在不比吴某写给公子爷较好吗？"

濮崇虎道："在哪里？"

吴俊便将那纸卖身字翻箱倒箧取了出来。

濮崇虎接过手看了看，便收在身边，说："这种卖身字，也只欺负没有势力的穷秀才，若遇有势力比我们强硬些的，这东西却只可用它点火抽烟，我暂且收下便了。老大哥不用再瞎疑心，彼此既已推诚相示，兄弟诚不在乎这一千两的陪嫁。"

说着，便向吴俊耳朵边凑近了些，又低低说了好一会儿。吴俊便叫上文远，将这意思对他说了。文远虽敢违拗他的老子，却不敢拂逆濮崇虎，没奈何，只得应诺。

大家商量一阵，就此文远便用一只衣柜，锁了燕儿，由濮崇虎带到省垣，禀过他父亲濮继唐。濮继唐只爱他儿子做事又干练、又秘密，也不管问他这些闲事。

濮崇虎将衣柜弄到一间很精致的房里，开了锁，提出燕儿，抱在怀中，像似一朵睡海棠般，便将她从容放好，叫人抬去衣柜，解去燕儿身上绳绑，却一不挂灯结彩，二不置酒宴客，便关了房门，将燕儿喷醒过来。

燕儿在醒过来的时候，又见了个陌生男子立在她面前，露出微笑，她的心又不由有些直跳起来。

欲知后事如何，且俟十二回再续。

第十二回

出牢笼又遭凶险
全贞节得遇救星

嵇燕儿吃了一惊，忙向濮崇虎问道："吴文远说将我送回绵山，使我们夫妻母女重完骨肉，你是什么人，为什么把我带到这地方呢？"

濮崇虎笑道："我同吴文远是一样的人，势力还比他大，本领还比他高强，花了我十万银子，从吴文远手里买你来的。这是提督衙，我父亲就是衙门里提督，我就是山西有名的公子濮崇虎，买你做我二十四房的姨太太。你说什么吴文远要将你送到绵山，使你们夫妻母子重圆骨肉的话呢！"

燕儿叩头流泪，把前事提说一遍道："恕小妇人无礼，不识公子爷，乞公子爷可怜小妇人遭受冤枉，且开一面仁人之网，放小妇人回去。"

濮崇虎道："容易容易，我有二十三房姨太太，不在乎多你一个。你家蒙受不白的冤仇，我很知道，不难开一面仁人之网，仍全你们骨肉团圆，只是你得给我这十万两。"

嵇燕儿哭道："求公子爷做做好事，开放了小妇人吧！公子爷要小妇人偿还十万两，只是家道清寒，连一百两也无从措办。公子爷将来前程万里，何在乎这十万两？"

濮崇虎笑道："笑话！我也只同你说这几句，说多了有什么趣味？老实对你讲，公子爷是个采花的太岁，便是天上的嫦娥，被公子爷看中了，也要陪公子爷睡那么一觉，博得公子爷个高兴，才肯甘休。难得姓吴的将你送给公子爷，抵充了十万两，公子爷又看中了你，宁可弃去十万两，也得将你弄来，强如在那纨绔子弟手里受冤屈。并且你丈夫是个穷儒，没有些出息，儿子又非你自己亲生，我劝你割断这条肠子，死心塌地陪着我过日月吧！你看我这地方，八宝嵌成的牙床，燕须制成的锦帐，地下铺的毡毯，是大红缎子制成，一面大西洋镜，中国地方是买不来的，是多么豪富啊！你再看我精神奕奕，两眼如电流，是处处都现出彪壮年轻的英雄美，绝不似那个姓吴的小子，满脸私邪之气，浑身恶俗之骨，全仗绫罗锦绣装饰外表的可比。虽同是个公子少爷，身份有天上地下之殊，气概有珠玉泥沙之别，是多么的后望啊！并且又拣好的给你穿、给你戴、给你吃，转瞬便琳琅满目、珠翠盈头，侍婢既出入如云，金银又使用不尽。回想你在绵山时，糟糠自飨，裙布无华，无一日的安闲，有终身的劳苦，真算得鸡坰里一个蛋，平地上了台盘，你是多么的开心啊！你的面庞超出我二十三个太太之上，我又十分体贴你，衙里上上下下的人，除我父亲和我结发妻子而外，哪个不奉承你？何况我那结发妻子，常是瘦怯怯、病恹恹的，看来已不久人世了。她死以后，我把你一抬，抬作个大奶奶，你又是多么的威武啊！你的后福极大，不可枉自践踏了，快快解开纽扣敞开怀，公子爷好准备同你盘肠大战，战他个人不歇甲、马不停蹄。"

燕儿到了这时，早知又进了人家牢笼了，听濮崇虎越说越不像话，失身的大辱，看要到眼前了。本不难一头碰死，了却这一生的孽障，不过看濮崇虎这个人势力、本领都比吴文远大，他的淫孽又比吴文远加重几十倍，不若抄着前次老墨卷，小心将他刺死，也可给人世间除一大害，便死也死得值得了。

打定主意，忙将心头一横，向濮崇虎哭道："小妇人前夫余作舟，家道虽寒，也是个黉门秀士，寄生儿虽非我亲生，却是我姐姐遗传这点儿骨血。吴知县父子威逼计占，硬将我家的骨肉分开，他是我家的大仇人。公子爷若肯给我家报了仇，肯提携我的前夫，周济他一些，使他重缔良缘，我的心才算对他得住。这几件事，谅公子爷都肯听从我。"

濮崇虎随口应道："这些事都是我办得到的，我没有不听从你。"

燕儿又哭道："小妇人虽非完璧，然在公子爷方面想来，纳妾究与私淫苟合不同，难道公子已娶过二十三房妾小，连这个老规矩都不知道吗？休说小妇人是好人家妇女，公子便买乡间的嫂子做妾，也该吃个双杯，行着纳妾的大礼。公子爷若把纳妾的事当作逾墙钻穴的行为，小妇人宁死不敢从命。"

濮崇虎笑道："我本来也喜欢吃酒的，这种交杯酒，更喜欢吃个痛快。无如我已戒了酒，若再吃酒，便违犯我们罩门中的规矩了。"

燕儿道："公子爷既喜欢吃酒，为什么又戒了酒呢？"

濮崇虎笑道："这句话说来很长呢，我很高兴说给你听，包你听了欢喜。非是我要在情人面前要卖弄自己的本领，我方才对你自命是个年轻的英雄，就因我曾学过罩门的功夫，本领却更在一班马上马下的英雄之上。这罩门的功夫极不轻易学练，能练得我这个样子，也算得个金刚不坏的身体，不拘什么兵器，都不能伤害我，只有罩门些微的地方不能受伤。这种功夫，在现今也只有我父子和我师叔冯起来这三个人，可以无敌于天下了。本来我们练罩门功的人，不戒荤酒，我们有个同道，这人就是罩门中最有名的空岩和尚，就因喝醉了酒，中了仇人暗算，伤了性命。所以我师叔和我父亲谈到空岩的事，固然衔恨他的仇人，但想他不喝醉了酒，何致被人伤害？空岩和尚的前车已覆，我们来轸当戒，从此订立戒约，不许饮酒。"

燕儿听了讶道："我不相信你有这样本领，什么是罩门功，你的罩门在哪里？"

濮崇虎笑道："你现在不相信，包管你将有相信的时候，你不是罩门中人，如何解得罩门功的好处？我们罩门中的规矩，最要保守秘密，若问这罩门地方，除非同道中人，儿子也不告知老子。我们戒酒，也怕酒后误事，误将这罩门告给非同道中人知道，那还了得?"

燕儿道:"大奶奶和二十三位阿姨,可知道你罩门所在吗?"

濮崇虎道:"一个也不知道,她们若是知道,知道的人就很多了。现在只有我父亲和冯师叔知道。"

燕儿道:"你让我猜一猜,你的罩门可在鼻子上?"

濮崇虎道:"快脱衣服睡觉,我可不吃酒,谁耐烦同你费这些神呢?罩门在鼻子上,这还算得什么罩功呢?"说着,便来要给燕儿解衣扣。

燕儿到了这时候,委实窘极了,陡然翻转过脸来,向濮崇虎呸了一口道:"你当真相信我肯随你做姨太太吗?我要下你的手,想谋杀你的性命,不知道你有那么大的本领,使我没法能奈何你。我唯有一死,以谢余郎,要给他保全我这个清白的身体。"说罢,便一头向床柱上碰去。

不防濮崇虎手脚很快,早将她一把扯回来,捺在床上,用了个骑马式,跨到她的身上,褪下了裤子,两手紧紧封住她的手,将牙咬着她的樱唇,抵住她的胸口,不容有分毫施展手脚的份儿。燕儿急得叫又不能叫出口,哭又不能哭出声,周身没一些能动弹,两眼眶里痛泪直流。

正在非脱不可、欲脱不能的时候，这却应得无巧不成书的那句套话了，忽然门外听得有人把门敲得砰砰地响，吐出很松脆的声音，唤了声："公子爷!"

濮崇虎问是什么，耳边又听人呼着："火! 火!"

濮崇虎不由得跳下床，却在燕儿左腿弯里只一点，料想她一点过了腿弯穴，再也不能动弹分毫，才开了门走出来。看是个丫鬟叫门，已经跑过去了。濮崇虎问是哪里的火，问了几声，没有人答应。

忽见有人奔得前来说："公子爷，火已扑灭了，是厨上人不小心，灶后着了火，只烧了一些柴木，没有什么大不了。"

濮崇虎才把心神安定，仍然转回房来，即听燕儿破口骂道："你这浑蛋，少凶横些，你想欠下人家风流债，是要偿还的。你有姐妹，和你二十几房大小太太，便是替你还债的人，将来你生下了女儿，也会偷上了像你这样浑蛋东西，给你还债。"

濮崇虎被她骂得心头冒火，当公子爷的，向来都受人恭维，哪里受过人这样辱骂，心里却气愤到了极处，愤火的威焰更比一阵欲火高强，却向燕儿咬牙骂道："你要死，就再多骂几句，不想死，还可以多活

138

几天。"

燕儿道:"我除了一死，没有别的意思。你立刻杀了我，我就不骂了，若不立刻杀了我，你这样的东西，就不是你娘的皮养下来的。"

濮崇虎更是气得火上加了一勺油，反哈哈笑道:"我若是立刻杀了你，保全你的贞操，倒算便宜你了。我不若先叫你吃点儿苦头，把你绑到仙人床上去，再败坏了你的名节，我才肯三拳两脚，叫你真个销魂。"说着，急招呼许多的丫鬟到房里来，把燕儿浑身的衣服剥得精赤条条的，连抹胸和裹足布都除去了，登时玉体裸呈，直使燕儿浑身十万八千毛孔，孔孔如同插下一根绣花针，口里却不骂了，眼中的泪却流得像断线珍珠相似，只叫着:"余郎余郎!'天长地久有时尽，此恨绵绵无尽期'了。"

濮崇虎也不同她搭话，先用赤铁烙她的双乳，继用开水灌她的肥臀，又吩咐仆婢抬上仙人床来。那仙人床的制式却很玲珑雕巧，因为这是诲淫的家具，说出制式来，不但有干禁例，亦且与著书人的道德有关。但不拘什么热性冰心的贞节妇女，一抬上了这仙人床上，这贞操在千万个人当中，从没有侥幸保全了一个。

燕儿被抬上了仙人床，早叫了一声苦，像似昏晕的光景。濮崇虎早命丫鬟，房里生了一盆火，暖烘烘的，春生满室，他又不怕丫鬟看了难为情，正将周身衣服脱了尽，要马跨上了仙人床的时候，这却又应得无巧不成书的那句俗话了。

　　陡然有人高叫了声："捉刺客！捉刺客！"

　　濮崇虎蓦地听得这阵捉刺客的声音，阵阵吵嚷得厉害，连裤子都不及穿，尽掖起了外面大衣，赤着脚，才走出房门，见有人在前面吵嚷，跑近了几步，问："刺客在哪里？"

　　那些人回说："方才那边屋上，不知什么东西响，老大人便叫我们捉刺客，却连人影儿都没有看见。"

　　濮崇虎道："老大人呢？"

　　忽然有人前来回说："刺客已捉住了。"

　　濮崇虎连忙奔到上房，看他父亲端坐在一把红漆椅子上，两边站立了不少的护卫。那刺客是个绝色的女子，问明情由，才知她父亲濮继唐听得屋上的响声，早一闪身上屋，穿檐越角，将刺客生擒了。

　　濮继唐且审着刺客，却向濮崇虎说道："刺客已有了，你回房去穿好衣裳，冒了风须不是耍子的。"

　　濮崇虎便也再回到那间房里，仙人床上，哪里还有个嵇燕儿呢？连个丫鬟都跑了一空。

濮崇虎好生惊讶，先穿好了衣服，出了房，一纵身，上了屋脊，东张西望，不见什么人影，只得仍到上房，看审刺客，且将燕儿不见的事情告诉他父亲濮继唐。

看书人到此，第一要求在下赶快交代的事，须说明那被擒的女刺客究竟是谁，燕儿又被谁人劫去？在下也正要先将这一事表叙一场，只得将濮继唐审问刺客的事略叙一笔。

在看官的心里，参看前面书中，星胆、璇姑奉狄龙骏的教命，往救嵇燕儿，这女刺客当是星胆化装的，救劫燕儿的人，也许是方璇姑了。其实却是不然，这其中还有一节惊人的情节，且让在下慢慢写来，却仍在星胆、璇姑两人身上写起。

且说星胆、璇姑到了山西省垣，听得这山西提督濮继唐名誉也说得去，便是他儿子濮崇虎，只喜混迹烟花，旁的劣性半点儿也没有，早想这些人的批评，原不是汝南月旦，却又没听到濮崇虎在近两日期间有娶妾的消息。日间不便往官衙打听，便在城中一家悦来旅馆开了个十六号的房间，男女两人关了门，密谈多时，准备一到夜间，便开始工作。旅馆里的人只当他们是一对儿小夫妻，又谁知是两个当代的大剑侠呢？

恰好十五号也有一个女客，和十六号只隔一层木板，听得那边房间里有男女两人谈话，这声音听来很熟，便走到十六号门外，佯咳了一声，便把房门推开了。房里星胆、璇姑同时都吃了一惊，却看那女子的面庞，很看得仔细，原来那女子是真如的弟子卞爱凤。

爱凤自被王绣鸾带到剑门山竹林寺来，略从真如练习得一些武术。本来真如的道力也很不同，但真如终觉她的道力有时而明，亦有时而昏，较诸吴太太的金钱神算，有其精辟，无其准确。若在万虑皆息，一尘不染的时候，她的道力转又在吴太太之上。不过爱凤在真如跟前日子太浅，所以也只习得一点儿武术，不能窥道学的门径。

当李鼎同宋雅宜在罗岷山结婚时期，爱凤曾随真如、梅姑到罗珉山来贺喜。过了几天，吴太太来给慧远约吃荷人，自然也有真如师徒在内。

真如等吴太太去了，也便回到剑门山竹林寺来，却向爱凤说道："我要同你到山西省垣一行，此行你总该得个乘龙夫婿，却要经历一番危险。你愿意去吗?"

爱凤听了,粉脸一红,也不回说去,也不回说不去。真如知她心里已经允许了,便同她一路到山西来,便叫她寓在这悦来旅馆歇下。真如托言到外面去有事,顷刻便回来了。

爱凤在旅馆里等了多时,不见真如回来,心里着了慌。因她是个年轻女子,怕被人窥探,住在那十五号房里,把房门掩着坐着,出了会儿神,就听得隔壁房里似乎星胆、璇姑两人说话的声音,心里转是一喜,便到十六号房里来。

谁知她不踏进十六号房犹可,一踏进十六号房,难免牵起绝大的波澜。

诸君要知有什么波澜,星胆、璇姑和爱凤相见之下,又谈些什么,且俟十三回再续。

第十三回

燕唧莺鸣微波通款曲
椽橦飞壁黑夜探佳人

　　方璇姑仔细看是卞爱凤前来，向柳星胆笑了笑，星胆便笑顾爱凤说道："幸会幸会！这不是爱妹妹吗？怎么你此刻也赶到这里来？"

　　爱凤也笑着说道："原来柳兄同方小姐都在这里呢！"

　　璇姑用手向星胆一指，说："你可该死，又说出个爱妹妹来了，你不怕卞小姐听了难为情？"

　　星胆赔笑道："怪我错了，理当叫她凤妹妹，这个'爱'字叫出来，太不好听。"

　　爱凤听了，腮窝上顿晕起一阵阵红潮，想要走开，璇姑忙将她的纤手拉住说道："请坐请坐，凤妹妹这一走，倒叫我们两个人无趣了。"

爱凤也就坐下，低声笑道："你们真是老脸，交杯酒还没有吃过，倒称起两个人来了。"

璇姑听了，也不由嫣然一笑，又向爱凤调侃道："我们说的玩话，倒饶得你又调笑我们起来。如果他叫爱凤，你叫她一声爱哥哥，也不要把我肚肠子都笑破了。"

爱凤听罢，又想要走，说："正经都不讲，看你越说越没有好的来了。"说着，泪噙在眼里，看要流下来。

星胆道："我们讲正经话要紧，方世妹若再说这些浑话……"

说到这里，便不向下说了。

璇姑道："再说待怎么样？"

星胆道："再说人家也要着落你身上捞回本来。"

爱凤看星胆没有丝毫调侃的意思，他劈口叫一声"爱妹妹"，那是老实人无意说的一句错话，这倒不能怪他，偏是方小姐齿牙太尖利了，我不再受她的浑话，还是一走为是。想罢，便站起身来，却被璇姑将她香肩按定，说："不要动，一动就有许多水出来了。"

爱凤流泪道："你又胡说些什么？"

璇姑道："我说你一动，眼中的水就流出来了，这何尝是胡说？"

爱凤道："你别要花马吊嘴地闲话里夹着小铜钱，寻我的开心。讲正经就多谈一会儿，再是这样捉弄我，我就要走，省得你们碍眼。"

璇姑笑道："三人同室，分明六目无私，哪有什么碍眼？妹妹且坐下，我们自然讲正经。"

爱凤道："讲正经，我就多坐一会儿也不妨。"

璇姑松了手，坐在星胆旁边，对面向爱凤冷冷地问道："妹妹今年是多大岁数呢？"

爱凤回说："二九。"

璇姑道："二九当是十八岁了，我很佩服妹妹的心胸眼识在寻常小姐以上。"

爱凤道："我不喜欢人奉承我。"

璇姑笑道："我向来也是不肯随便奉承人的，不过我想笪总督的儿子笪格里，那是个坏蛋，小姐心胸眼识若是稍微卑鄙些的，捞到那东西手里去受委屈，真个要急死了人呢！还好，小姐得到剑门山去，拜真师叔为徒，不致被那东西糟蹋了小姐的终身。终身的幸福，如今却有了个绝大的机会，我说给小姐听，包管小姐听了欢喜。我们有个六师弟，姓邢，名柱，是太华山人，也是我师父门下得意的好徒弟。我师父曾托你师父给我们六师弟觅选良侣，你师父却说是有个人，这人就是他的徒弟，心胸人格都可以配得我们六师弟，这姻事虽涉有风波，却已算十拿九稳。不过这种婚姻大事，一半由他和我师父做主，却一半要他们一对儿鸳鸯会了面，他们的两颗心才会联络起来。你师父说的这人，怕就是你。"

星胆在旁听了，早抢着说道："好大的正经话，凤妹妹你莫理她。"

爱凤却低着头，想璇姑所说的话，很与师父昨晚的吩咐若合符节，板板的面孔，却很从容地回道："正经着是讲得正经，不过太说得难为情些。"

璇姑笑道："可是的，世界上也有人肯说句公道话的，只可恨六师弟没有来，如果他会见了这位凤妹妹，不知他心里怎样欢喜。"

爱凤道："像你这种正经话，不要再向下说了。我问问你们，不在绵山石洞，为什么到这地方开了个房间住下，喁喁叽叽谈的什么体己话儿？拢共我没有一句听得明晰。既是同道中人，你们又何妨对我公开呢？"

星胆、璇姑方要回话，忽听隔壁房间里有人咳嗽，听这咳嗽的声音很熟悉，见爱凤叫道："我师父回来了！"

真如果然闻声而来，进门便向星胆、璇姑两人劈口问道："你们平遥县里，真是暗无天日，一个懦弱些的穷秀才，竟被平遥吴知县父子弄到人亡家破，那姓余的秀才又近在你们纯阳庙咫尺遭受这样的冤情，不见你师父出头解救，这又是什么道理？"

星胆道："师叔怎知姓余的秀才那一件冤情呢？"

真如道："我因有件事，要同我这小徒到山西省城中来，却想起你师父近在绵山，何不去看他一看？不想来到绵山，我听得这个消息，却不愿看你师父，并觉我这小徒此番来到山西的目标不能便达。这件事真要怄死人呢！"

星胆道："师叔究是打探得什么消息呢？请师叔不用狐疑，姓余的事，我师父自有处置。师叔想我们到山西来，是干什么的呢？"

真如听了，不由惊讶起来，忙运用纯洁的道力，掐着无名指，轮算了一番说道："是我一时冒昧，看错了你师父。你们此来，也是为的余家的冤情吗？"

星胆点头应是，又由璇姑凑近真如身边，叽里咕噜向真如说了一遍。

真如叫爱凤关了房门，低声说道："我不是曾对爱凤说，有事要出去一行，叫爱凤在那十五号房里等我回来的话吗？那就是要到绵山看视老狄的事，借用土遁，行到距离绵山五十里地方，我打算要到绵山了，显身出来，却看见有个五十来岁的乡下人，双眉频蹙，像似心里有无限的冤苦，肩上拐着个包袱，气喘吁吁地走过来。迎面便向我问道：'老师父是住在前面观音寺吗？我在路间听得那寺里有个拆字的先生，最有灵验，不妨到那里拈个字，碰碰我女儿的造化。'

"我听他这话，遂向他问道：'老居士愁急得这个样子，可是令爱的病情很危险吗？'

"那人回说：'如果我女儿害了病，那又算得什么？老师父哪里知道，现在天高皇帝远，我们这些平民人家，受了不白的冤屈，能到什么地方去同有钱做官的人打官司？不过想筹办几个钱，到山西省城中，能从提督衙门里将我的儿赎身回来，那就是大造化了。我想问问那个拆字先生，可有没有这造化。'

"我听了他的话，便问他的姓名。他说：'绵山嵇谨，有女名燕儿，嫁给邻村秀才余作舟，过门才几个月，被本县知县吴俊的儿子吴文远，将我的女儿抢到衙门中去，我女儿临难不屈，却被吴俊父子转将她送给山西提督濮继唐的公子濮崇虎，已起身到山西去了。如今姓吴的这份人家，自从我的女儿被抢以后，我的女婿如同入了痴魔一样，亲翁又气得呕血死了，活活把这份人家弄得烟消火灭。在老师父看，做官管百姓的人竟会抢劫起秀才人家的妇女，世界上不是反了天吗？'

"我听了他的话，便说道：'世界上反了天，原不只做官的人强抢秀才人家妇女的事，不过我想老居士这个女儿，能够临难不屈，算得个好女儿，这也是你们山西的风气使然。山西向来贞节的妇女，也不仅只你女儿一个。凭贫衲这人很想去救你女儿出险，拆字先生都是胡说乱道，他们的话也太没有凭据。依贫衲的计较，不若请老居士仍回绵山，不出三日，看贫衲将你的女儿救回绵山去。'

"他听了，面上很露出不以为然的神气，并说：'此去到山西省城，来回要走七八天，老师父便能救我女儿出险，也不能在三日以内将我女儿送回绵山。'

"我说：'贫衲到省城去，救得你的女儿，在三日内送回绵山，你还以为贫衲没有这本领吗？须知道力无边，要非老居士所能了悟，我不妨显点儿能耐给你看，包你肯回绵山，坐俟你女儿归去。'旋说旋运用我的剑术，一道剑光着在平地上，划出一条缝来。我便趁势又借用土遁，回到这里来。料想他在那时候，必然要说我是个神仙菩萨，相信三日内将他女儿送回的话不错，当仍然回到绵山，听候我的消息了。

"至于适才我批评你师父的一篇话，那是我一时冒昧，误发狂言，请你们要包涵些，不可告诉你师父，叫他听了，见笑我这个人，偏解市井之谈，尚狃癫狂之习。并且你们也为这件事前来，一切由你们出头做去，终须得手，却又用不着我将燕儿救回绵山，却要留我这小徒帮助你们。论她本没有帮助你们的能耐，不过我叫她帮助你们，也有我的用意。此后你们会见尊师，就说我也约他到慧师那里，大吃荷人，要他也将我这小徒带到虎泉寺去，千万请你们不要忘记。"

真如说完这话，便向他们作别。大家方欲再说什么似的，转眼已不见真如的踪迹，明知她要借遁回去，便欲挽留她，也是无益。

星胆想起一句话来，向爱凤问道："尊师带凤妹到绵山来，她说有件事，是怎么一件事呢?"

好半晌，才听爱凤回道："这件事连我也不能尽知，将来你们总该明白。"

璇姑笑道："你别要装着憨腔，这事我也明白了一半。"

旋说旋向星胆附耳说了一会儿，道："你是个很聪明的人，怎么一半也不能明白？"

星胆笑道："可见我们男子粗蠢，不及你们做小姐的心思细密。有人说男子是泥做的，女人是水做的，推开来再说两句，就说男子的心多半是木头做的，女人的心多半是水晶做的。"

爱凤早想到璇姑附耳向星胆说着什么话了，却要拿话将璇姑的话打开，也便抿着口，淡淡笑了一声道："你们两个人，谁是谁的男子，谁是谁的女人？牙齿咬着耳朵，只顾谈着体己的话，也不怕人见了，替你们难为情，好不要脸！"

璇姑道："男子是我们六师弟邢柱，女人就是你，你师父方才话里的意思，我说已明白一半，你还想狡赖吗？"

爱凤不由流泪道："你再捉弄我，我就要恼了。"

璇姑道："这次是你调笑我们，就无怪乎我当场宣布，一句挑开你的心花，难道就准州官放火，不许

152

百姓点灯吗?"

星胆道:"你们只顾说着这样笑话,说来说去,也该谈到应做的事情上去。我们奉师父命令前来,难得真师叔又着令卜小姐帮我们的忙,今夜应当如何下手?"

爱凤道:"我这个起码人,如何能够帮你们的忙?这都是我师父糊涂主意。你们一个是统兵大元帅,一个是先锋,我只有你们的马首是瞻,你们要怎样吩咐,我到夜间便怎样做去。"

璇姑低声道:"我想此次嵇燕儿陷落在那种地方,她心里不知感觉到怎样的痛苦,救人如救火,大家也毋庸讲说什么客气话了。若是凤妹妹当初不幸落在笪格里手里去,虽然各人的心路不同,总该同嵇燕儿是一样可怜的人。我们今夜要去救她,救人也须救彻,杀人也须见血,但要说怎样才能贯彻我们来的意思,定法虽终不是个法,这件事人少了固办不稳,人多了也办不好,三个人办来正好。我们在今夜间,第一要探听燕儿在什么地方,并同濮家父子的住房,分头下手,才办得稳当。如果得了手,少不得也到平遥走一遭,再勾却了吴俊父子两本糊涂的账。在二师兄同凤妹看来,以为怎样?"

星胆道："这计较，第一个我是赞成。"

爱凤说："方小姐这才是讲的正经话呢！"

大家谈论多时，天色已晚，招呼茶房开上酒饭，吃喝已毕，便先算还了那房饭钱。星胆便问那旅馆里掌柜的说道："我们出去有事，须得三更向后方能回来，两处房间，且都不用关锁，等着我们回来睡歇。好在房间里没有值钱东西，不怕有人进去偷了我们什么。你须记取着，回来多加你一倍的房钱。"

那掌柜先生生得瘦脸鼠须，着实是一个老奸巨猾，听星胆这样说，早疑惑他们的来头不正，一个人同两个女子，夜晚到外面去，干的什么勾当？三更向后，要到这两处房间里睡，那时且看他们是怎样的睡法。

不表掌柜的存了这样的心机，单说星胆领着璇姑、爱凤，三人出了悦来旅馆，一路混到提督衙署。大家在那里远远周视了一会儿，拣着僻静的地方，一齐蹿身上屋，静悄悄没有些动静。三人便伏在屋上，相了相地势，只不知燕儿被绊在哪里。

忽然下面一株黄芽树旁，远远来了两个人影，看是两个丫鬟模样，听这个丫鬟向那个丫鬟说道："一个穷秀才的娘子，看要做我们公子爷二十四房的姨太太了，像姐姐究没有人家的造化。"

那个丫鬟回道："我们总是生就奴才的命，只怪爷娘不争气，铸错了我们的面孔。公子爷如何肯顾念到我们做丫鬟的身上？"

两个丫鬟旋说旋穿过一重角门去了。

星胆便悄悄在屋上向璇姑、爱凤打了个暗号，便由爱凤去找濮继唐，星胆、璇姑去救燕儿，想乘势锄杀了濮崇虎，仍到悦来旅馆会齐。就此分头做事，星胆、璇姑飞檐越壁，探视了多时，只探不出燕儿被绊在什么地方，看有一处很高的楼，两人伏在楼上，又静听多时，也听不出下面什么消息。星胆又向璇姑打了个暗号，两人转到后院无人处落下，只苦找不着燕儿绊在哪个地方。

爱凤去找濮继唐，又不知能够得手，便由星胆想了个方法，在那地方向璇姑仔细说了。璇姑也觉他的方法很好，可以借此探得燕儿了。

毕竟是什么方法，且俟十四回再续。

第十四回

提督衙燕儿出险
纯阳庙狄老调兵

柳星胆道："计较不能说是很好，但除了这个，不易探出燕儿来。事不宜迟，我们便照这计较行去吧！"两人同时又纵上院墙。

忽然起了一阵呼火的声音，星胆便向璇姑小声道："我们才想到这个意思，不料他衙门已失了火了。"

两人飞也似的向那呼火的地方赶去，不想那阵阵呼火的声音倒停止了。忽见眼前游来一条黑影，星胆向那黑影打了个暗号，那黑影便应声游来，却是卞爱凤，当向星胆、璇姑低声道："借一步说句话。"

两人点头会意，悄没声息地游到后院墙外落下，黑压压都挤在一株槐树底下，爱凤便向星胆、璇姑说道："我从房屋上游行到屋后，用一个珠帘倒卷架势，从后窗儿内窥探，见一个六十来岁的老头子坐在上房中间一把虎皮椅子上，两边的护从，一个个弓上弦、刀出鞘，气象甚是威武。我知道这老头子便是濮继唐，怕他人多势大，不敢进去下手伤他，便要转身寻找你们，再做计较。游行离开了上房，就听下面有人呼火，接着又见有个人远远跑得前来，问是哪里的火。我看那人跑的脚步很快，倒有些本领。那人问了一会儿，才有人前来答应，说：'公子爷，火已扑灭了，是厨上人不小心，灶后失了火，只烧了一些柴木，没有什么大不了。'我想那人绝是濮崇虎，听说火势已灭，我留神看着他，要走到西首一处最高的楼房下，闪身便走进屋里去了。我看濮崇虎的气派，我也不是他的对手，正想游行到楼房上寻找你们，转身猛可见有两个人从那边院墙跳上来。我看那跳的姿势，只在一闪眼工夫，便上了墙，除了你们两个，这里的人，哪有此等本领？但想你们去探听燕儿，如何又到那后院间落下，重跳上院墙呢？莫非你们尚不明白濮崇虎把燕儿绊禁在什么地方吗？特游行前来，告诉你们一声，此事看是怎样办法。"

星胆听了讶道："照你这话讲起来，濮崇虎是走到那最高的楼房，闪身便走进屋里去了。我们曾伏在那楼房瓦脊下静听多时，分明鸦雀无声，没听得楼房里什么消息。我这时才想到濮崇虎将燕儿就关在楼下的房里，他听得外面失了火，匆匆跑出来，问是没有什么大不了，仍匆匆跑到那楼下屋里去，所怕燕儿已要顺从他了，我们因在那楼房上没听得半点儿消息，才到后院间窃窃私议。如今已得到一条线索，生死总该要去救出燕儿，方不负我们平时行侠尚义的胸襟。你是初出道儿的雏儿，遇事总该有些害怕，见了濮继唐那种排调，不敢下手伤他，替仕途上剪除一大害。其实那些蠢蠢武士，在我辈学剑人眼中看来，也只当是一汇的斗蚁，做武官的人，能有多大本领，如何比得山林中隐逸之流？凭你的能耐，没有不能结果他，你尽可放大了胆量，初出茅庐，我们要让你占个头功。你若再存着害怕的心肠，做事要落人后，不是我姓柳的喜欢责备贤者，这种辱没师门的事，岂是学剑人肯丢这样脸？你得了手，就到悦来旅馆里等候，我们得手前去，好连夜回到平遥，再给姓吴的父子了账。"

璇姑道："要得了手，连夜赶回平遥，恐怕天色已亮，不好下手伤害濮家父子。我的计较也要迎合真师叔的意思，刺杀濮继唐这件头功，自然仍让凤妹妹独占，也替我们真师叔挣点儿面子；我就动身到平遥县去，给姓吴的父子了账；解救嵇燕儿，刺杀濮崇虎，这事却要柳世兄去办。时间已是不早，大家赶快分头办理，请凤妹妹不用害怕，你的能耐如不能在万马营中取上将首级，如同探囊取物，我们绝不肯使你冒这种危险。"

　　星胆也以璇姑的心想不错，点了点头。便是爱凤，听星胆适才对她说的话，像煞很有点儿道理，自然放开胆量，也随口应允了。大家分道扬镳，各干各的勾当。

　　谁知璇姑这样计较，虽然是便宜行事，就中难免发起风波，这且不去讲它。

　　单说星胆才转到那间楼上，耳朵里就听得一阵"捉刺客"的声音，把一座提督衙门鸟乱得不成话说。星胆看来这阵鸟乱，料想爱凤必然得手，断没有意外的变化。看楼下屋里，跑出了不少的人，摸不着谁是濮崇虎，心想：定法须不是法，不若且将燕儿救到悦来旅馆，等候爱凤前去，改日再来给濮崇虎了账。调转了这个念头，悄悄下得楼来，看下面的人都奔到上房去，眼前只没有一个，探身走进屋门，也不见人在那里，西边房里灯烛辉煌，有女子的声音在里面痛哭。星胆早想到这女子当是嵇燕儿了，喜得非同小可，一闪身走进房来，只一看，倒把星胆愕住了。看燕儿一丝不挂，寸骨寸伤，绑在一张软床上，哭得珠泪迸流。那床的造制，生平没有见过，把燕儿绑得浑身像个大字，服服帖帖，紧着在那张软床上，暗骂："濮崇虎这种浑蛋，他在这样的床上，不知做破了多少烈性妇女的贞操，这种人不死，世界上就没有因果报应。"

旋说旋向燕儿道："嫂子当是余家小娘子了？事有经权，请嫂子不用怪我粗鲁，我是你丈夫第一个好朋友，你只当我是你亲兄弟，前来救你出险。"说着，早给燕儿割了绑绳，催她穿了小衣服，就将她负在背上。

燕儿两足分贴在星胆两腰眼间，两手按着星胆的颈项。星胆反用两手将燕儿腰后锁定，闪身出了房，借用他运气飞腾的功夫，向悦来旅馆飞去。

及至濮崇虎察觉时，星胆已是到了悦来旅馆，进了十六号房间，人不知鬼不觉地虚掩了房门，将燕儿安然放在床上，低声说道："这地方是旅馆，你不要咽泣，别人听了不方便。停会儿等着姓卞的小姐回来，便送你回绵山去，同你父母、丈夫会面。"

燕儿咽泪道："你是我丈夫的好朋友，我平时听我丈夫说，曾交过像你这样的朋友，他说是个剑仙、剑侠，所以我被你解脱出来，毫不疑虑你的心怀难测，我也只当你是我的亲哥哥。我两番三次，虽侥幸没有被野心狼子糟蹋了我的贞操，却经过这样羞愤，能得与我丈夫相逢一面，叫他的心，知道我做妻子的心性还好，我死也可瞑目。"

星胆劝道："劝嫂子要暂忍羞愤，要明白礼有通变，事有经权，昔日大禹王裸体而入夷狄，究与大禹的贞操无伤，便令嫂子不幸损失了贞操，但没有损失了心的贞操，还是对天无愧，对人无怍，何况嫂子并未损失这身体上的贞操呢？我是胸怀磊落，多不拘乎男女嫌疑，嫂子更不必因这点儿芥蒂，便胸中梗塞难开。"

燕儿听他的话，便不说什么了。

星胆在房里等了多时，只不见爱凤回来，这才有些焦急，心想：难道她没有得手，反落到人家手里吗？怎的约定了地址，她直到这时候还没有回来呢？

想了想，便向燕儿说道："你且安心睡在这里等一等，我去看看卞小姐，就来送你回绵山去。"

说罢，便出了房，回手将房门反锁了，也不去知会旅馆中人，仍运用他的运气飞腾功夫，飞落在提督衙署。蛇行到了上房屋瓦上面，探身下来，伏在东边窗下窃听。

似乎有一个很苍老的声音说道："想那女刺客的来历，绝不平常，问来问去，只问不出她的实供，看她倒很与劫掠秫燕儿的事情有关。为父且将她关起来，等待明天三更向后，再解来拷问。她和我们罩门中人有什么过不去，无端要对我下这样的毒手？"

接着又听一个少年男子的声音说道："青锋、秋月两柄剑已到了冯师叔那里，不怕有人来同我们父子为难。不过燕儿被人解救去了，孩儿只恨没碰到劫取燕儿的那个凶攘，给他个红进白出。这女子关押在衙门里，怕不大稳当，不若明日夜间将她解到恒山，且禁在冯师叔那里，再做计较。"

星胆听到这里，老大吃了一惊，料想今夜要再救爱凤出来，已有顾此失彼之势。濮家父子却都练过一身的罩功，更不易下手刺死他们，不若且回旅馆去。

正想到这里，又听那苍老的声音说道："将她解

162

到恒山，倒不必多费这一番手续。你那个冯师叔，也是个色鬼，若见这女刺客好模样儿，他们两个搭上了手，转同我们翻脸，青锋、秋月剑又落在他手，我们如何敌得过他？那就糟了糕了。"以后却听不出什么了。

星胆也不再在那里窥听，仍然回到旅馆，看那十六号房门已是大开大放。进房去一看，在一盏灯光之下，看嵇燕儿只在那里，一见星胆进来，便说道："这里掌柜的是个混账不堪的东西，从你出去时，他开了房门，百般地来调戏我，说我是你拐来的，瞒不过他掌柜先生的眼。我说：'那是我的哥子，因为陷落盗窟，被他救得回来。我那哥子是一位大剑侠，他救了我，又和他同来的人到城外去杀强盗了。我哥子的本领，来无影，去无形，大得了不得。你要转我的念头，看你有几个头够杀！'掌柜的听我这番话，以为奇事异闻，却吓得屁也不敢再放一个，出房去了。这地方真不能久住，请你做情做彻了，就送我回去，见我的丈夫，省得无事再讨麻烦。"

星胆道："鼠辈本不足污我刀剑，我送你回去吧！"

说着，便将那掌柜招呼前来，说道："你这个老

163

混账，胆敢前来调戏客家的妹子，真个色胆如天。死罪可恕，但不惩戒你一番，你就看我们外乡人是容易好欺负的。"

说完了，便抽着青霜宝剑，剑还没有抽出鞘，早见一道剑光着处。那掌柜正要走，觉得剑光着在脑后，咔嚓一声响，心里更是吃了一惊。看星胆并没有追来，一口气奔到了前厅，不住用手在头上捞摸。有人讥笑他，说他背后被人剪了一条小辫子。掌柜的方才恍然大悟，知道这头颅并没有损坏，方才把心神安定了，这也不用细讲。

且说星胆连夜将燕儿驮到绵山，且到余作舟住宅看时，门外已上一把锁，分明里面是没有人了，心里好生惊讶。由燕儿说明地址，到嵇家去，嵇家的大门已关，星胆便敲开了门，直到中堂，看见璇姑同作舟，并及一个老叟、一个老妪，在那里谈话。大家相见之下，说不尽无限欣喜与悲哀。璇姑说是在平遥县衙已得了手，将吴俊父子腰斩在床上，临行时在县衙里留下自己的姓名，不致把这两条人命牵涉无辜，觉得这件事做得很痛快。

作舟也因他父亲的大仇已报，燕儿已完璧归还，看来绵山地方不是他们安身之所，要到别处营生，只是无处投奔，却要求星胆、璇姑两人替他设法。嵇太太把燕儿替她加穿些衣服，抱着寄生儿，让她亲热了一阵，问她乳上的伤是赤铁烙的，臀上的伤是开水浇的，浑身血肉模糊，伤处很多，都是皮鞭子抽打的伤，心里好生痛惜。

燕儿却说她只要得保全这清白的身躯，旁的事就吃点儿苦头，也算命中注定的磨蝎。何况余翁虽死，大仇已经报复，又得她这个贤孝的媳妇，虽蒙大难，没有玷辱余家的门墙，一死也当含笑泉下了。也怕受官里的啰唣，这绵山再栖身不住，也想要求星胆、璇姑两人，不但替他们一家三口设法，还要保全娘家，不致受殃及的危险。嵇太太也将燕儿这样话向星胆、璇姑两人要求。

嵇翁却说道："日间我打点到省城去，路间遇见那个师太，她在我面前，现出她的法力来，说包管她能救我女儿出险，我只把那师太当作是活菩萨，回来我女婿已到我家中来，说已有人准许给他父亲报仇，将我的女儿救脱出险，这人便是当初赠他金银的那位大剑侠。如今我女儿已被这位大剑侠救回来了，女婿的杀父冤仇也报复了，只不打算那师太就是这位剑侠同道中人，她虽没有救出我的女儿，实践前言，但她知道已由人出来办事，用不着她老人家亲自出马了。不过听这位剑侠说，她老人家有个女弟子，今夜被陷督衙，来不及便行解救，那师太却无从知道，他们在明天还要到山西去救脱那位女徒弟，纵无暇始终顾全我们两家平安无事，也当给我们想个好法子，才是大丈夫救人有始有终的行径。"

星胆听了回道："这件事本无须你们两家请求，我们总该有个善全办法，不过怕你们故土难移，那就叫我们无法可想。作舟同我师父本有师徒的缘分，我师父却未必肯放他远去，你们肯离开家乡，我回去见我师父，要求他老人家派人将你们送到罗珉山穆太太那里居住。穆太太待人甚好，那里房屋又宽大，比你们住在绵山舒服。你们可愿意去吗？我就去见我师父，派人送你们前去。"

众人都说愿意。

星胆、璇姑便带着余作舟，转回石洞，见了狄龙骏，说了一大篇。狄龙骏便派彭林，借用他剪纸为人的法术，将嵇、余两家人口暂送到罗珉山那里居住，这也不在话下。

到了第二日，狄龙骏先到黔山见过穆太太，晚间回来，将星胆、璇姑、邢柱三人唤进了房，劈口

166

先向邢柱说道："吴太太说有个人陷落在那地方，派你前去解救，你不可违拗我的命令，快去救她脱险要紧。"

　　毕竟邢柱怎生回答，欲知后事如何，且俟十五回再续。

第十五回

挨毒打英雄落水
吐真情怪侠输心

邢柱当向狄龙骏问道："是什么人，陷在什么地方？师父要救他，一班师兄、师弟，本领也有在弟子之上，师父不派他们，却派弟子往救呢？"

狄龙骏道："这个人由吴太太说，已从山西省城解到恒山，你到恒山，自会将她救出来。"

邢柱一听这话不好，心想：恒山那地方有个冯起来，凭慧师太那么大的本领尚不敢同冯起来交手，我的真功夫很有限，恐怕此番到恒山去空自送掉性命，仍然救不了人家。从井救人的事，我没有不愿意去做，但要救得好，才算无罪，若救得不好，自己送掉性命不打紧，反使敌人有了防备，叫人家不易脱险，那还了得？邢柱这么想着。

狄龙骏看他颜面上有些踟蹰起来，便正色道："你不到恒山去救卞爱凤小姐，更叫我派谁人去救？若是到恒山救的另一个人，我门下的弟子尽可随意派他们前去。无如失陷在恒山那地方的是卞小姐，你不前去救她，你好忍心使卞小姐死于非命？你要明白，老夫叫你去救卞小姐，一不要你同冯起来动手，二不要你去翻监劫狱，你只说卞小姐是你的妻子，卞小姐若死，在势你不能独生，千万不要说出你是我的徒弟，自然冯起来放出卞小姐，成全你们的一段良缘。"

邢柱没奈何，只得连声答应。

接着狄龙骏又向星胆、璇姑吩咐道："你们此后便住在我这房里，出门也不许离开我左右，要在这心上练功夫，把这颗心练得死定了，才免得十一月初三那一夜的危险。"

星胆、璇姑都说："遵命！"

狄龙骏吩咐完了，便挥手叫邢柱到恒山去。

邢柱便来要求吕宁，借了他的飞行符，当日到了恒山，只不知冯起来住在恒山什么地方，懊悔当时没向师父问明。在恒山访问多时，不但没访到个冯起来，连姓冯的人家都没有。

169

到了晚间，邢柱在一个小村店铺里吃了一些饭菜，便匆匆走出门来。忽然有个堂倌一撤步，便将他的衣领拉住，那种攥拳竖目的样子，实在叫人坍不起这个台。

邢柱也不由有些冒火，却向那堂倌笑道："我与你近日无冤，往日无仇，你为什么拉住我的衣领不放呢？有话也该向我说个明白。"

堂倌睁大着眼珠骂道："哪里来的野人，吃了饭不给钱就走了吗？"

邢柱方才恍悟过来，用手向衣袋里摸着，可是那只手在衣袋里摸来摸去，再也伸不出来。原来衣袋里一文钱也没有了，心里不由有些凄惶起来，又向堂倌说道："吃了饭，没有不给钱的道理，我不狡赖你的饭钱，请你赊一赊，改日自当加倍奉还。你放心，我们过路人，不肯留下这笔来生债。"

堂倌道："不行不行，你没有钱，就有衣服剩下来，也抵挡得饭账。"

邢柱没奈何，连声说是："可以，可以，有衣服也抵挡你的饭钱。"

正要脱着衣服，忽然从前面走来一人，向邢柱面上一望，问明情由，便从身边取出些零碎银子，交给那堂倌手里说道："你们这饭店，难道是天王爷爷开的？快把银子拿去，向这位客官赔个不是。"

堂倌见有了银子，登时转换笑容，向邢柱连连招赔不迭，并说："这里的银子还多几分，就请这位爷赏给小人的小账吧！"

那人也不理他，拉着邢柱出山村，旋走旋问邢柱道："像老哥这种人，在我眼睛里看来，有根器的，毕竟和那些庸夫俗子不同，既是没了盘缠，我当奉送些银两。路间不好说话，老哥可否去寒舍坐坐？"

邢柱道："承老兄的情，给兄弟还去饭账，应得去府上请安。但兄弟此番到恒山来，要访一个姓冯的，只是访不着，兄弟深悔徒劳这一番跋涉。"

那人道："老哥要访哪个姓冯的，何妨说给我听？"

邢柱道："我访的那个姓冯的，就是你们恒山的冯起来。"

那人道："你同冯起来有仇吗？"

邢柱道："没有仇。"

那人道："你可认识冯起来吗？"

邢柱道："我不认识。"

那人道："不认识他，访他何来？"

邢柱道："兄弟出外访师，南北也走过好几省，只访不到有个人可以做兄弟的师父。听说恒山冯起来学得一身罩功，本领大得了不得，我到恒山，特地拜访他做我师父，求他传我几手好的本领。"

那人哈哈笑道："你当着冯起来问冯起来，可不将人牙齿笑掉了？"

邢柱听见这话，更不怠慢，便在路间扑地翻倒虎躯，向冯起来拜个不住道："踏破铁鞋无觅处，得来全不费功夫。弟子实不知便是冯师父，冒昧之罪，要求冯师父原谅。"

冯起来忙将他拉起说道："你姓什么，是哪里的人氏？"

邢柱道："弟子姓邢，名柱，是太华山的人氏。"

冯起来听了，把眼睛翻了翻，也不说什么，带着邢柱走过山那边，便到了他的家中。

邢柱看冯家是个农民人家的模样，石墙茅屋，也有十来间，屋里的陈设也很简单。

冯起来等邢柱坐定，含笑问道："你真个姓邢，是太华山的人氏吗？"

邢柱道："弟子寄父姓邢，住居太华山上，弟子从寄父姓，故取名邢柱。其实弟子是直隶的人，姓鲁，先父讳达，也是直隶道上的一名剑侠。"

冯起来听了笑道："我的眼力果然不错，看你神情模样，虽在星月光辉之下，也看得明白，如同我恩师面孔上印下来的一样，果然是我师弟来了。

"我告诉师弟，我的名字怎么叫作起来呢？就是恩师给我起的。我原名冯羽，是恒山的人。八岁的时候，父死母不在，被卖解的拐到直隶，逼我练把式。苦练了一年半，我能在马道上把马打得跑起来，我在马身上做那猿猴献果、金鸡独立的种种名目，马道旁边放着五六只大小的碗，我在马上一翻身，能用手将道旁的碗一个一个抓起。

"一路卖解到了保定，就这点儿把式，着实挣了不少的钱。到得保定，打了个场子，连演两天。第一天，我抓了六只大小的碗，看的人说我年纪小，居然有那些大的本领，没有个不喝彩，不争着舍钱。第二日，我因冒了些风寒，身上有点儿不爽快，稍微玩忽些，马道旁六只碗只抓了五只，看的人也没有说我这把式不好。

"可恨那个拐我的铁锤孙老五，等我练完了把式，就向我冷冷一笑，下场后，回到船上，便把我捆起来，打得我皮开肉破，寸骨寸伤，还在伤处用鸡毛撒了多少的盐卤。像我挨他这样毒打，也不知挨过多少次。打过了，我的伤势便没养好，还要勒逼到场子上跑马，替他挣钱，不许我将被打的话告诉人家，并逼我挨过打练把式时还要精神抖擞，不能露出丝毫受伤的样子来。

"这次在保定实在被他打得厉害了，趁他个冷不防，向河心一跳，随波逐流。也不知流有多远的路，被人打捞起来，将我救醒了，问明情由，那人很将铁锤孙老五申斥了一顿，砍了他五个手指，不许他再到保定地方卖解，便将我收留下来，传授我武艺。不上一年，那人却是死了，只撇了我这个没脚蟹。那人便是我的恩师，你的生父。

"在我师父死的时候，师弟、师妹尚在襁褓，不知被师父将你们送到什么地方去。我被恒山一个游客，仍将我带回恒山，辗转做着农工生活。我的年纪虽小，一个人能做几个人的生活。后来碰到个空岩和尚，看我有点儿根器，便带我到濮老师那里，学了这一身的罩功。

"濮老师死了，我仍旧回到恒山，租了人家几十亩田，雇用几个伙计，务农为业。其实务农不过是遮掩山中人的耳目，我原不靠着耕这几十亩田养活着

174

我。现在我有个师兄濮继唐，在山西省中做了提督，濮继唐就是濮老师过房的嗣子，我不想到他那里做官，却隐居在这深山之中，自然有我的用意。不过我常想起恩师的救命之恩，使我无从报答，又不知你兄妹在哪里，更没处访问你们，难得今天有缘相会，这很是一件不容易的事。你是我的师弟，我何能欺蔑恩师，收你做我弟子？至于我的功夫，将来你看得不错，我尽可教给你，我们是师兄弟，彼此也该得些切磋之益。"

邢柱道："既如此，我就尊你一声师兄了。师兄哪里明白，我小时寄养在邢家，自我寄父死了，我是喜欢练武，东飘西荡，直到现在，还没有什么长进，较诸师兄奚啻天壤。"

冯起来道："我向来少在江湖上走，凡有江湖上的事情，我都不愿预闻，以为那些事与我并没有关系，就听了也随听随遗忘了。不过我尚有个仇人，听说这两个仇人现在绵山狄龙骏那里。据濮继唐的儿子濮崇虎得来的消息，那两个仇人要在十一月初三日，在绵山石洞结婚，并且那石洞里，濮崇虎在五日前曾去探过一次，因为那时石洞中人都出去了，洞中空无一人，濮崇虎没有看见那仇人的面目，这件事你不知道。"

邢柱道："大师兄的仇人是谁？那人怎同大师兄有仇呢？"

冯起来道："你在江湖上奔走的日子很多，你知道哪几个最有资格？"

邢柱随口说出几个来。

冯起来道："那些人虽薄有一点儿名气，向在我眼中看来，直无异乎酒囊饭桶。我所说最有资格的人，也很有限。安徽黟山有个吴太太，绵山有个狄龙骏，并同他的徒弟癫痫头印昙，以及山西太原方继武的儿子方光燮，光燮的妹子方璇姑，安徽的柳星胆，星胆的妹子柳舜英，这都是狄龙骏的徒弟。还有个老尼姑，我不知道她是哪里的人，有多大的本领，前天到我们恒山，掘去一个荷人，我虽没将她荷人夺回来，倒领教她的本领。不过她同我有了血气之争，一时忍不住，想下手伤她，过后思量，究竟我同她没有深仇异愤，何苦再去寻她，在江湖上妄结下一种的冤仇呢？所有切骨仇人，就是那狄龙骏的徒弟柳星胆和方璇姑，这两个人，你可认得？"

邢柱道："听是听见有人传说过的，不知他们为人脾气好坏，请问师兄，怎同他们有仇呢？"

冯起来听了，忽然笑道："你毕竟可认识他们。"

邢柱回说："不认识。"

冯起来道："师弟，你想我方才可是对你说的实情?"

邢柱道："当然是实情话。"

冯起来大笑道："师弟可算一个呆子，我的话却有一半不是实情。老实告诉了你吧，你去后的历史，我知道很详细。适才的话，一半是同你闹着玩的，江湖上有什么事情，过后不易瞒过我的耳目。难得师弟给我恩师及苇渡老和尚报了仇，杀了那个瘟生道人，我所不能做的事，师弟却能做得，这总由师弟的纯孝心肠得来的好果，非我敢望项背。便是师弟投入狄龙骏门下，也有师弟的道理。

"星胆、璇姑和你是同门师兄弟，怎么对我说出不认识的话来? 他们这两个，同我自己并没有什么过不去的冤仇，只是空岩和尚死在他们两人手里，我平时感激空岩和尚提携大恩，同感激尊太爷救脱的盛德，是同一的肝胆。我得了空岩遇害的消息，久想报仇，找星胆、璇姑两人了账，毕竟他们都练的是童子功，又有青锋、秋月两支神剑，这两支剑是我们罩门中人的对头星，当日空岩和尚就死在这两支神剑之

177

下，这些事你也该晓得。

"我到山西境界，在提督衙门里，听得他们成婚的时期，好不欢喜。因为练成童子功的人，不拘你有多大的本领、多大的气力，那下手都不能伤害他们分毫。他们成了婚，都非童贞的身体，这已经练成的童子功，就没有大不了的功用了。我在那时冒险去伤害他们，只要我手眼来得快，趁他们来不及祭起青锋、秋月两支剑来，未尝没有一些把握。

"天幸那一日，山西某县防营得来两支小剑，献上濮继唐。据献剑的人说，他们在夜间洗开大炮，陡然空间有两道电光被大炮轰得坠下来，却是两支小剑。看那支剑柄上嵌着'青锋'两字，这支剑柄上嵌着'秋月'两字，他们也听说这青锋、秋月是两支神剑，献到提督衙门邀赏。

"濮继唐赏过献剑的人，对我说及此事，我要向他讨这两支剑，他父子的能耐只及不上我，又知道我的脾气。他们不会祭剑，便放在身边，又没有用着，只要这两支剑不落在敌人手里，便给我讨去，我也不会祭剑，翻脸同他们父子为难，落得做个人情，将这两支剑暗暗地交给我，省得把这献剑的事传扬出去，惹动敌人到提督衙中盗剑。

"神剑已到了我身边了，我想在星胆、璇姑两人成婚之后，前去下手报他们的仇。即令他们移期，也终有成婚破身的一日，空岩和尚的杀身大仇，我终须得能报复过来。"

邢柱道："师兄的话自是不错，小弟再也不敢隐瞒。星胆、璇姑当日杀死空岩和尚，是报复他们的不共戴天之仇，追原根始，其错不在星胆、璇姑，而在空岩和尚。师兄又何苦给万恶的空岩报仇，妄想谋杀好人呢？"

冯起来正色回道："各尽各的心，各做各的事，无所谓恶，无所谓好，亦无所谓曲直，师弟不是前来给他们做说客的，正不必过问这件事，便过问也没有用着。师弟不妨把来的意思从实对我说明，我总可答应你，也算报答我恩师当日救度我一场。请师弟就将来的意思告诉我吧。"

邢柱便准备将来的意思向他说了。

毕竟邢柱是否救出爱凤，且俟十六回书中再续。

第十六回

彩凤双飞新婚传韵事
灵犀一点深夜遇仇人

冯起来要求邢柱将来意从实说明。邢柱道："我总算是同门师兄弟，有话尽可剖心相示。小弟有个未经完娶的妻子，这人便是剑门山真师太的弟子卞爱凤，现被拘囚在师兄这里。乞师兄看先父分上，放出卞爱凤，使小弟得有妻室，不致斩落鲁家一线宗祧。岂但小弟没齿不忘，便是先父死在九原，也都钦服师兄的胸襟肝胆。如果师兄不肯推情，将来爱凤有了不测，小弟也不愿独生。"说到此际，咽喉也哽咽了，眼泪也流下来了。

冯起来听了笑道："对呀对呀！晚间黔山吴太太前来，对我讲的话一点儿不错，不愧她是江湖上的一尊女菩萨。老实说与你听，我当先不知道黟山有个吴太太，今天傍晚时候，她到寒舍来访我，很在我面前显出她的真本领。她讲的话又句句穿透我的心胆，我此刻放下爱凤给你回去，一半看在你分上，一半也看在吴太太分上。"

说着，便转身入内，不多时，带上一个愁容满面的女子来，指着邢柱向那女子笑道："这是你心爱的丈夫邢公子，我们罩门中人同姓柳、姓方的有仇，同别的江湖上男女英雄没有仇，卞小姐放心随你心爱的丈夫回去。这是我看在先恩师和吴太太分上，算不得是江湖上有本领人结交有本领人的一种手段。"

爱凤不由向邢柱乜了一眼，心里有无限的话要问他，只是这些话，请问叫她如何措辞法，也只低着头不说什么了。

邢柱便谢了冯起来，带着爱凤出来，一路便回到绵山，曾向爱凤问道："据柳世兄说，小姐不是监在山西提督衙中的吗？怎的又押禁在恒山呢？"

卞爱凤道："我随你飞了这么远的路，究竟我同你会面，还是第一次，你究竟是不是邢公子？"

邢柱道："真菩萨面前，不敢烧假香，兄弟便是邢柱。"

爱凤道："你这是什么话？我是真菩萨，你不敢烧假香；我是假菩萨，就没的吃你骗了，更惹得江湖上人笑话我。"

邢柱道："你只相信我的话不错便了，真的一个邢柱，又如何假得来？"

旋说旋将狄龙骏令他到恒山解救爱凤的先后情形，子午卯酉，告诉了爱凤。

爱凤听罢，心里也很欢喜，便向邢柱说道："昨夜我去督署，要刺杀濮继唐，谁知他学得一身的罩功，身体又练得非常矫捷，不但没有得手，反吃他生擒活捉，苦苦拷问我，同他有什么过不去，竟敢下他这样毒手。我咬紧口供，打死我，我也不招承，便将我关起来。谁知到了四更向后，他们父子又把我提出来，却不用再拷我了，用好话对我说，任如何要求我对他吐说真情。我的性格最是服软不服硬，他硬逼我的口供，是办不到，他不硬逼我，他一提起，就无须动刑，我并不狡赖，狡赖的须不算得个侠女儿，便把我的履历，以及前来暗刺的缘故，对他们约略说了。

"濮继唐父子低声商量了一阵，我也不明白他们商量些什么，便由濮崇虎借用他的马甲符，将我连夜送到恒山。他见过冯起来，附耳说了一阵话，便去了。我心中惴惴，甚不自安。

"冯起来将我关闭在一间静室，也不对我表示什么，我只盼杀了我，哪想得有个知心人会到恒山来救我出险呢？

"不想到了晚间，冯起来便来向我说道：'你是剑门山真师太的弟子卞小姐，真师太向来同姓濮的井水不犯河水，没有结下冤仇，是你误听星胆、璇姑之言，谋刺濮继唐，并非真师太出的主意。真师太这个人，姓濮的同我没有会见过她，她纵不知道我们，我们早听得她的大名，在山林隐逸之士当中，要算得一尊活佛。姓濮的没知道你是真师太的徒弟，要强奸你的身体，处死你的性命，你如何逃得了？既知你是真师太的徒弟，却要赦免你一遭，落得同真师太结成好感，省得在江湖添加一个大敌。不过他们又觉得缚虎容易放虎难，纵有心要同真师太结成好感，又怕你在真师太面前说他们的坏话，左思右想，才将你送到我这地方来，并求我不可见色思淫，下手玷辱了你。要我将你送到剑门山，对真师太说说好话，彼此释嫌修好，不致再听信你的言语。我向来虽然好色，但也要会分清脚步，不肯胡乱糟蹋良家的女子。濮崇虎怕我下手玷辱了你，这真算以小人之心，度君子之腹。日

183

间不便送你回去，方才有个安徽黟山的吴太太前来，凭她一身的信用担保道：'真师太断不因这件事听信爱凤的话，同你们罩门中人发生恶感。'并说不用我将你送到剑门山去，自有绵山姓狄的徒弟邢柱前来，讨取他这个未经完娶的妻子。"

爱凤说到此处，面上觉得晕红了一阵，便噤住了。

邢柱忙促道："后来冯起来又对你怎样说呢？"

爱凤道："冯起来又接着向我说道：'我本来要送你到剑门山去的，听说你是绵山姓狄的徒弟，倒有些踟蹰，不肯答应了。因为我那两个仇人也是姓狄的徒弟，邢柱是我的师弟，若非投入绵山姓狄的门下，同我那两个仇人做了同门师兄弟，我又落得做个人情了。吴太太却看穿我心里的意思，却向我说道："星胆、璇姑这两个孩子，姑勿论你同他们有仇，这曲直在谁，但你感激空岩和尚提携的恩情，听说空岩死在他们两人之手，便存心把星胆、璇姑当作是不共戴天的仇人，这也是你心地纯一，我不愿同你哓哓争辩，夺你的志愿。不过有两句古语说得好，冤有头，债有主，你同星胆、璇姑有仇，同姓邢的没有仇，同卞家的孩子更没有仇，若是这样迁怒寻仇，论你本领再大些，你们罩门中人孤立无援，免不了要受报复的。"我听吴太太这话很有道理，只好一口准许了她，就此吴太太便向我告辞了。临行的时候，叫我到山边去，等候姓邢的前来。我今夜要放你回去了，却是一半看在吴太太分上，一半看在你师父分上，我就去山那边，等候那姓邢的前来带你回去。'

"果然他去后有了一个时辰，便将我带出来，同你会面，真个放着我跟你出去，谢天谢地，这可好极了。"

邢柱笑道："他对你说有一半看在吴太太分上，一半看在你师父分上；对我又说一半看在我先父分上，一半看在吴太太分上。这是他们在江湖上惯会做见面人情，对什么人喜欢向什么说好话，其实一半是发于天良，一半是顾全外交的灵便手腕。"

两人同到绵山石洞，将这些话禀告了狄龙骏。

狄龙骏听了，讶道："不但吴太太金钱神算寓有鬼神不测之机，并且她此行也慎重将事，真非我辈所及。"

邢柱既和爱凤已安然回来，到九月十五那一夜，狄龙骏及吴太太、慧远、真如，带同他们的徒弟，并及亲属中有关系、有缘分的人，到阴平虎泉寺去大吃荷人，大家谈及此事，都惊讶非常。

那时星胆不急去救出爱凤，在星胆本有星胆的苦衷，却好玉成了邢、卞的良缘，虽然真如胸中已有成竹，可见天下事，大半难逃得一个天数。至于吃荷人的事，和本书没有深切的关系，也就不用再去画蛇添足了。但是邢柱、爱凤就在吃荷人的那一夜，便由真如带回剑门山，就在那里成了眷属。

狄龙骏却曾吩咐邢柱，过了婚期，须在剑门多住几月，再回绵山去练习本领，这也不用细讲。

单说狄龙骏从那一夜领带他门下的徒弟，回归绵山石洞。在邢柱婚期中，凡同道中人，有到剑门山去贺喜的，自然也有一番热闹。以后却更由慧远出面，做了几头媒，将穆太太的丫鬟芸香配了沈刚，韵香配了毛霸，彭林的妹子彭棋儿配了花明，这六人是已在九月间证成的婚礼。将富杏姑、菊姑的妹子梅姑，许字慧远的徒弟杰民，这两人是等待将来证成婚礼的，本该在此地交代明白，免得写着双剑缔姻的事，将这一支笔野了下去，又写着这许多的闲情。

光阴易逝，那檐前的砖日逝得像快马一般，霜落深山，转瞬又是严冬时节。

那日是十一月初一日，狄龙骏在他的房里坐了些工夫，便将星胆、璇姑唤到面前说道："濮家父子和冯起来这三个人，是你们的大敌，但冯起来的人格和濮家父子不同，即如好色一途，姓冯的也知道会清一个脚步，并且不爱钱，不做官，更是濮家父子所做不到的。我常去同吴太太商量，姓濮的父子可杀，冯起来可赦，将来可以释怨修和，他还能做我们的助手。不过我要杀姓濮的父子，不知他们罩门在什么地方，青锋、秋月剑又不在你们身边，所以我且放他们多活几天，迟早他们有恶贯满盈的一日。后天便是你们的喜期了，冯起来必在那夜邀同姓濮的父子，同你们为难。我已给你们对冯起来下过宣战书了，说你们一不用青锋、秋月剑，二不用迁移时期成婚，他们罩门中人，要给空岩和尚报仇，只需他们三个人前来，找你们两个。用暗箭伤人，同要人帮助的，绝不是好汉。他们若不来，你若避他们，也不算好汉了。我给你们下过宣战书，到了初三那一夜，我们师徒都出去，你们两个人到房里成婚，他们三个人必然前来胡闹一夜。论你们的造化，断不致有性命的危险，但不知道你们心上的功夫练到怎样地步。"

星胆、璇姑都回道："却比从前多了几分火候了。"

狄龙骏即向星胆说道："你们虽系我的弟子，实则我待你们同亲生一样，我用为父母的心肠待你们，凡事总该不拘什么形迹。星胆，你附耳过来，我告诉你几句话，你去暗暗将我的话转告诉璇姑。这话是我在吴太太丹书上偶然看到的，我还没有这种经验。"

说完了，星胆便将耳朵凑上去，听狄龙骏叽里咕噜说了一阵。星胆才欣然笑道："这真好极了，冯起来和姓濮的父子，在我们成婚的时候，要下我们的手，我们若把这婚期延迟下去，或者是假意成婚，实际上毫无沾染，又惹他们笑话我们怕他们，不算得是个值价的。难得丹书上有这个妙法，一则早成全我们的婚姻，再则不致吃那厮们笑话，这样子就无须要人帮助我们了。"

狄龙骏道："非是我不用人来帮助你们，实在我门下徒弟，有一大半没有练过童子功，恐怕不但不能帮助你，反怕因帮助你们，遭了人家的毒手。不若我们都暂时走避开，料冯起来也是个值价汉子，除得邀着濮家父子前来，绝没用第三个人帮助。即令帮助的人再多些，你们练的童子功没有涣解，也奈何你们不得。"

狄龙骏说完这话，便出房去了。

星胆便笑向璇姑说道:"师父告诉我的话,虽然这话有些碍口,但我不能不告诉你,违拗师父的命令。何况你我已要成为夫妇了,我有什么话不能对你公开?"

璇姑低头回道:"正是的,你我无论有什么秘密话,谁也终不能瞒谁的。"

星胆也照着狄龙骏吩咐的话,向璇姑低声说了。

璇姑听罢,脸上晕起阵阵的红潮,兰心蕙质,早已知道星胆话里的玄妙,也不回答什么。

星胆道:"我们到那时候,只在这心上用功夫,难得丹书上有这种巧妙的方法,只依着这方法行去,不怕罩门中人暗来下我们的手。"

两人的话说完了,也就心心相印。

到了十一月初三那一夜,他们所有结婚的仪节都做完了,狄龙骏便带领门下的徒弟暂且离开石洞,且不欲远离绵山,却都在山前后掩藏。

星胆和璇姑吃完了交杯酒,一班师兄弟都不在山洞,也省却闹新房的麻烦,早关了房门,两人宽衣解带,而玉体亲偎,檀郎在抱,所谓天造地设,男女之间的一件事情,略具形式上敷衍一阵,亵中带肃,并没有什么雨意云情。一会儿,两人仔细听得屋上有些微的响声，便穿好衣裳，睡在那里，喟喟小语，若不胜情。

忽听得哗哗作响，星胆、璇姑便应声而起，喝问是谁。"谁"字没有出口，那两扇房门早被踢得飞起来，冯起来已如风而入。后面却只跟着濮继唐儿子濮崇虎。

两人都是只手空拳，并不带有丝毫器械，便由冯起来劈口向星胆、璇姑两人喝道："倒算得两个值价的，我伏在屋上，探听多时，知道你们童子功已经涣解了，特来取你们性命，给空岩和尚报仇。看你们再能使出什么本领，能逃脱我的掌握！"旋说旋要向星胆打来。

星胆道："且住！我们两人早知有人来给空岩和尚报仇，绝不会逃躲，但我有话，也该向你们说个明白再打。"

濮崇虎从旁说道："你有话就赶快说。"

冯起来也回道："随便你怎样说，谅你们决然是逃不了。"

星胆道："你们着实已知道我们童子功坏了吗？除了童子功，没有别种功夫敢同你们较量吗？"

冯起来道："我又不聋了耳瞎了眼，你看屋上的瓦，被我们轻轻揭开一个窟窿，你就想到我知道你们的童子功已坏，才来下你们的手。如你们有别种功夫，尽可和我抵抗。"

星胆道："我又赘问你一句，我们是捉对儿厮打吗？"

毕竟冯起来怎生答复，欲知后事如何，且俟十七回再续。

第十七回

连理枝头多情遭月妒
松林深处无意见神童

冯起来即向星胆回道："在你师父的意思，以为我们罩门中人，齐来打你们两个吗？那真浅视我们太不值价了。无论我濮师兄衙门里公务又很忙，没工夫前来，并且由我一人前来，就给你们了账，也用不着我濮师兄前来。我只先同你捉对儿厮打，打死了你，再同这姓方的新娘算账。濮公子不过站在旁边，给我壮一壮声威，除去你们想趁空儿逃走，我绝不许他动手。"

星胆道："在你虽是这样的意思，但我不得不向你问个明白，你要打我，我随便给你打，不许姓濮的动手再打人，便打死我，我也绝不回手。"

冯起来道："你说的话，把我不当个汉子，怎么你由我动手打你，你绝不回手呢？依我的意思，你先来打我三拳，我再打你三拳，你看以为怎样？总不能空说几句好话，说软了我的心肠，想脱离我的手，所可了事的。"

星胆道："你是客，我是主，我得让你先打我三拳。"

冯起来笑道："你又说这样话，敢是真个浅视我的能耐吗？你要先给我打三拳，打死了你，做鬼也不用后悔。来！我先做个榜样给你看。"旋说旋在桌案上抓来一把铜质茶壶，在手中略一搓，便搓成一块铜饼。

星胆见了，也笑着说道："不用多说，就请你打来吧。"说着，便将身子直挺挺站着不动。

冯起来便连向星胆前心打了三拳，护心镜都打碎了，星胆仍站在那里，打了一个哈哈。冯起来听他这个哈哈打出来，打算他心络受了重大的伤，才有此现象，当要气绝了，也懒得在他临死再送他一脚，忙来转问璇姑。

忽然星胆止着说道："你已打我三拳，不给我打三拳，便行了吗？"

冯起来听他忽然说话，转惊得呆了，回视濮崇虎，看他只拿两眼睃着璇姑，一句不发。冯起来只得转脸，把身子站定了，给星胆打。

　　星胆道："我便打你三拳，也不能伤你，打伤你，已占了上风，何必枉费气力，讨不了便宜呢？想你我本没有直接深仇，如何用得着寻我们报复？不过望你不报复的话，是万万做不到的。同你这样没脑子的人，更不用讲说是非曲直。只是我们终年住在石洞间，你定要来同我们为难，我也没有方法能使你不来给空岩贼秃报仇，唯有在石洞里等候你们便了。"

　　璇姑也起身说道："你没有学过童子功，如何知道我们童子功的门路？死棋腹中尚有仙着，你要给和尚报仇，恐怕你这一辈子也报不了，休要再来自寻烦恼，给我们更占了上风，你们罩门中人，子子孙孙在江湖上说不起话。良言尽此，去吧！"

　　冯起来羞愤得不知应如何才好，看濮崇虎要摩拳擦掌，来打璇姑，却被他丢眼色止住了。好半会儿，才向星胆冷笑道："好！你这次占了我的上风，说我一辈子报不了你们的仇，我就等候你们一辈子，看你们这童子功保持到哪一日，终能逃脱我的掌握。"说罢，绝不踟蹰地带着濮崇虎出洞去了。

星胆、璇姑也不追赶，接着狄龙骏师徒回转石洞，见是平安无事，都放宽心怀。

来日清晨，星胆、璇姑仍到他们师父丹房做功夫，狄龙骏暗暗向星胆道："何如呢？丹书上算没有走错吧！只是这情事可一而不可再，你们以后同衾共卧，总要处处提防罩门中人来给空岩和尚报仇，眼前有这个仇人，也是你们练心的工具。"

星胆唯唯听命。

到了十一月初八日，光燮、舜英也谐成了花烛，这事与本书也没有多大关系，没工夫去细细写它。

单说星胆、璇姑在结婚后两三月期间，两人同衾，向不涉及于乱。冯起来也带着濮崇虎前来寻仇数次，每次总没讨得便宜。星胆、璇姑曾在最后一次，留心察得青锋、秋月两支剑没有佩在冯起来身边，几次要想到恒山去盗剑，都被狄龙骏拒阻了。

过了这两三月，光阴去得好快，转瞬看又到十一月初三了，却不见冯起来前来，也就把这防范的心思渐渐松懈下来了。且按着不讲。

单说冯起来因数次到绵山去，报不了空岩的仇，心里好生羞愤，每日午后，因心里实在气闷得难过，到山下随意游逛，照例在他门前一条石径向山坡下逛去，必从一座松林经过。这日刚逛到松林下，听那林子里有些声响，仔细却听出是两孩儿顽皮的声音。冯起来心想：可是作怪，林子里哪有人家的小孩儿呢？一时好奇心动，便走进林子里。看时，有男女两个孩子，女的约莫十一二，男的似有十龄，都生得十分清秀，只是那种顽皮的举动，像有些呆头呆脑，和没了灵性一般。问他们的话，他们都不知道回答，哄他们也不说，吓他们也不怕。冯起来心想：这男女两孩儿，眉目间露出十分的精彩，怎么会这样痴不痴、呆不呆的？必有些缘故。再仔细观察那男女两孩儿的情形，忽然想起来了，这男女两孩儿，莫不是被拐子拐来的吗？江湖上有一种拐子，用迷药将小孩儿迷失了本性，大略这拐子把两孩儿拐到这地方来，预备向山村人家兜卖吧？但要找寻主顾，也得将孩子带去兜售，为什么将孩子藏在树林里呢？

忽然又想起来了，曾听得濮老师生前谈说过，拐贩人口的人，他们手段很高妙，不容易破案，内部里有种种的组织及脱货、进货的方法。他们在脱货时，如果这地方有同行的人，尽去拜访这同行的人，由这同行的人经手给他脱货，不过售银若干两，这同行的人要坐地分肥；这地方没有同行的人，须由自家出面脱货了，却怕遇着和他们反对的人，想同他们为难，不敢把货物带出来脱，只打了个图样儿，暗暗给人家看。人家看得中意了，交割了卖身价，才暗暗带领人家过货。便有和他们反对的人，只要他们手段秘密，不将货色露了反对的人耳目，那人也无从知道。等他交割了货物，银钱到了手，远走高飞，便反对他也没有用着了。

冯起来想到濮老师曾说过这样话，便断定这拐孩子的人所以把孩子藏在树林里，必到山村去脱货，尽用两个孩子的图像，不用抱孩子领到人家去看。心里这一打量，看这两个孩子可爱更复可怜，自己膝下没有儿女，将这两个孩子收养下来，将来也算有了倚靠。但是这拐孩子的人不可给他一条生路，再去拐骗别人家的小孩儿，便也守株待兔，站在林外，专等那拐子前来，给他个臭死，也好出一出胸中的气闷。

等了好一会儿，却见山坡下跑来好几个粗壮的汉子，竟跑到里面寻找，一眼看到男女两个孩子，像似寻找的人已找到了似的，便将两个孩子拉出林子来。却被冯起来把那些汉子喝住问道："这两个是你们家里的孩子吗？"

那些人看冯起来问这话的神气来得十分严厉，他们平时又知道冯起来的本领好，谁敢出言违拗他，便由为首的一人向冯起来赔笑道："不瞒冯爷说，这两个孩子并不是我们家里的孩子。"

冯起来不待他说下去，便争先说道："不是家里的，是拐来的？看大爷性起，且给点儿厉害你们看。"

那人回道："我们都是山坡下的农人，何敢做下违条犯法的事？因为吃午饭的时候，有个和尚到我们田主家中，暗暗拿出两张画像来，对我们田主人说：'这两个小孩儿要舍给居士做儿女，恳求居士助贫僧一笔大缘。'田主人是没有儿女的，看画像上两个孩子还好，问他要助多少银子。他说要五十两黄金，少一两不行。田主人只是拿不出五十两黄金，口里却答应他，问他两个孩子在哪里，他不肯说。田主人识破他是个拐子，便暗暗着人招呼我们前来，将他捆起来，拷打了一顿，他才说这两个孩子藏在这里。田主人便叫我们前来看孩子。没有两个孩子，仍要拷打他，不放他逃脱。"

冯起来听到这里，便摇手道："不用向下说，我去见你田主人好了。"

那些壮汉便抱了两个孩子，带着冯起来到他们田主人村中去。村中早有人远远看见去的人抱着两个孩子来了，连忙去报知主人。

那主人姓金，名有谋，在那地方也算个财主，听说两个孩子有了，早同家中上下人等出来看视，果然通报得不错。

那些壮汉抱着男女两个小孩儿来了，后面跟着个冯起来。金有谋便同家中上下人等早迎接上来，见了冯起来，早向他深深一礼，说："村民在大爷汛地，多蒙栽培，不知大爷驾到，有失远迎了。"

冯起来笑了笑，那些壮汉将两个孩子抱来说道："果然像画图上印下来的一样。"

有谋正要来询问两个小孩儿，即见冯起来拉住问道："拐小孩儿的秃驴，现捆在什么地方呢？"

金有谋回道："是捆在牛槽里，捶打了两顿，吃他仰求不过，才将他的绑绳解放了，着人在牛槽外看守。那秃驴托说是要出恭，叫看守的人带他到后门口厕坑里大解。看守的人叫他就在牛槽里出，他说牛槽来往的佣女太多，出恭不大方便。看守的人听秃驴的话有理，便将秃驴引到厕坑，他解开裤子，溅了一泡尿。那秃驴太机灵，趁看守的人解开裤子溅尿时候，冷不防将他一推，便掩跌在粪坑里。看守的人便大呼救命，经人去将他从粪坑里救出来，问明缘故，再寻那秃驴时，只有人见他走过一个山嘴，左转右抹，早不知去向了。寻找了一会儿，寻不着秃驴，想是已不容易寻着了，并且有人报知我，说两个孩子有了，我也不用再令人去寻秃驴。若将他解送官府，这儿女还未必是我的儿女呢。"

冯起来听了笑道："你寻不着秃驴解送官府，难道这儿女便算你的儿女吗？你一两银子不用，平白地得了两个可爱的小儿女，你们有钱的人，遇事真会惯讨便宜。老实说几句，这可爱的小儿女，已吃了秃驴的迷药，你留他，须医不好他们，害了人家的两个孩子。不若给我带回去抚养，我有方法，能叫他们归还本性，并可教给他们像我这样的本领。"

有谋听了回道："大爷的话，小弟本不敢违拗，无如小弟没有儿女，天假之缘，得这两个孩子，大爷若有方法医好了他们，小弟情愿奉送一千两，断不食言。无论如何，大爷不能将两个孩子带回抚养。"

冯起来陡然翻变了脸，说："这东西真是颠倒不识人的贱狗！大爷虽穷，谁把你的家财看在眼里？休说大爷凭这一身本领，你不敢跳出大爷的掌心，你这东西，却是拐骗人口，把人家的孩子拐来，做自己儿女。你说有个和尚拐来的，和尚在哪里？用了你多少卖身价？我同你当官告下一状，也不怕你这样的家财不塞到衙门去。你是懂人事的，快将两个小孩儿给大爷带回去，若再道说一个不字，哼！包管你这东西，早晚便死在大爷手里。"

金有谋哪敢再违拗他，屁也不放出一个，只得喏喏而退。

冯起来很欢喜的，也不再去寻问和尚的下落，便将两个孩子带到家中。既知道这两个孩子受了迷药，自然他会用开水调和甘草菜豆汤解救。

两个男女孩子吃了两次甘草菜豆汤，性灵像似恢复了，都向冯起来哭着要爹娘。冯起来便盘问他们的来历，先由那女孩儿说："我们是表姊弟两个，我的爹叫朱十顷，我这表弟，他的爹娘都死了，就住在我家里，同在书房里读书。就是三月里，过清明的一天，先生放了学，我们两个人都在家中玩耍，有个大和尚到我们家里化缘，我的娘送他一钵盂银子。和尚去了，我们两个人在家里玩耍了一会儿，没有趣味，就悄悄到街上去逛逛。看街上真比家里好耍，走了几十个店门，就见那个化缘的和尚向我们低低声一笑，他说：'那边街上有把戏看，我带你们去看好吗？你们府上的太太待我很好，所以我欢喜带你们去看把

201

戏。'并拿出两块香糖叫我们吃,又说:'你们吃了糖,便随我来看把戏吧。'我吃了和尚的一块香糖,以后就不知道怎么到了这种地方。你是什么人?不是和尚,我要同表弟见我的娘呢!"

那男孩儿也说道:"我的爹姓陈,是个举人,我到三岁,爹和娘都死了。我也吃和尚一块香糖,现在不见和尚到哪里,这是什么地方,你是什么人,可能送我们回家去?"

冯起来听了,又向他们问道:"你们知道家住什么地方?"

两个孩子都回说不知道,只想起家里有几十间高大的房子。

冯起来听了,又向那男孩儿问道:"你的爹姓陈,叫什么名字?"

那男孩儿回道:"我叫陈汉臣,不知我的爹叫什么名字。"

冯起来听了,复又向那女孩儿问道:"你叫什么,你的爹是什么名字?"

那女孩儿回道:"我叫朱镜蓉,我知道我的爹叫朱十顷,不知道他叫什么名字。"

冯起来听这两个孩子的声音,却是江浙的人氏,自己也操着江浙的口音和他们问答了一番，心里好不欢喜。

岂知这两孩儿哪里是江浙的人氏，冯起来已上了这两孩儿的当了，兹且不去说他。

冯起来当时将和尚拐他们的事向他们说了，并说明自己将要他们做小儿女的话。这两个小孩子听了，都不由放声痛哭起来。

毕竟这两孩儿是什么来历，且俟十八回再续。

第十八回

泄机关梨阶埋宝剑
警凶顽子夜掷人头

　　两个孩子各搂抱着痛哭，和大人一样伤心。冯起来看两个孩子哭作一团的情形，并不是见了面生的人，害怕得哭起来，却是因为至亲骨肉从此分开，不由心中伤痛的哭法。男的旋哭旋叫喊阿舅，女的旋哭旋叫着爹娘。

　　冯起来的性情极刚，心肠极软，听了两孩儿的哭声，见了两孩儿的惨状，心里也酸得难过，两眼热泪也禁不住夺眶而出。强把眼泪揩了揩，说："只怪你们不知道家住在什么地方，你们的爹叫什么名字，叫我没处访问，送你们回去。不妨你们就认我做爹，我培养你们成人长大，你们在我这里，虽不及在家里穿好吃好，但我们这地方，比在你们家里好耍。"

两个小孩儿听了，都带理不理的，仍然泪眼婆娑，脸对脸地痛哭。

冯起来便将他的浑家叫出来，叫她好生看顾两个小孩儿。他的浑家不会说江浙话，两小孩儿起初也听了不懂，日久便能领会。过了两月，居然也会说着本地方的话了。

冯起来看这两个孩子很聪明伶俐，真当作两个活宝贝。他的浑家又把两孩儿看待得同亲生一样，两孩儿像似被他们哄动了心，便也你叫一声爹，他叫一声妈，叫得冯起来心里更快乐得什么似的。冯起来几次想到绵山石洞下星胆、璇姑的手，好给空岩和尚报仇，只因恋着这两个小孩儿，不愿远离。又因几次去寻星胆、璇姑，纵没有得手，反给人家占了上风，终怕星胆、璇姑成婚是假，尔时虽听他们喁喁私语，烘染得有声有色，却还疑惑他们在实际上依然毫无沾染，没有破身，所以他们的童子功保持得同未成婚的一样。他们的童子功没有涣解，便再去下他们的手，也未必便讨着便宜，能给空岩和尚报雪冤愤。料想他们现在是刻刻提防我前去寻仇，虽然同衾共枕，断不敢有了什么雨意云情，不若且稍缓几时，等他们防范

205

的心思渐渐疏解了，他们终究要破身失节，涣散了所练的童子功。没有同睡在一张床上，又值青春年少时候，分明热火干柴，却能永久不会燃烧，终做一对假夫妻的道理。心里这样划算着，便觉给空岩和尚报仇的事可以暂缓时日，越急越不能得手，能缓却总有几成把握。

冯起来既把这件事因循下来，至于濮继唐父子，他们一般和空岩和尚是同道中人，但他们智识高出冯起来以上，肝胆不及冯起来那么粗壮，对于空岩和尚的仇愤，虽非秦越若不相关，却也不将这件事紧紧放在心坎。前次濮崇虎随从冯起来同到绵山，那是濮继唐拗不过冯起来的情面，并非濮崇虎真肯出生入死冒险，给已死的空岩和尚报仇。

冯起来早不向濮继唐父子谈及此事，他们也就毋庸过问，知道绵山狄龙骏师徒也不是好惹的。冯起来却因初次十一月初三那一夜，同濮崇虎到绵山石洞没有得手，反给人家占了上风，却无颜再去见濮继唐说得嘴响，所以后来凡到绵山石洞寻仇，单是冯起来一人前去。如今冯起来又得了这两个可爱的小儿女，又因给空岩报仇的事在势要迟延时日，满心想传给两孩儿的罩功，但因他们的年龄太小，未到能练罩门功的时候，每日除看两孩儿玩笑外，什么也不做，多是紧皱眉头，想起空岩和尚的大仇，不禁流抹了许多眼泪。

那女孩儿这时已由冯起来给她改换了名字，叫作春娇，男孩儿也改名叫作冯继。他们时常看见冯起来眼中流泪，却由冯春娇向冯起来道："我的爹，你老是这样伤心流泪，叫我们见了不快活。"

冯继也说道："爹一哭，怎么我妈也唉声叹气起来，莫不是儿子、女儿得罪了爹？"

冯起来的浑家听了回道："孩子的话怪可爱的，你们年纪虽小，却也知道孝顺，何尝得罪了你的爹？孩子哪里明白，他哭几月便不哭了，娘哭的日子正长呢！"

这几句话，惹得两个小孩儿也流下泪来。

冯继道："我的爹，究竟因什么事伤心呢？"

冯起来便将冯继抱在膝上，心肝肉呀叫了一阵道："我的儿，你们姊弟两个真像我心头上两块肉，我看了都该快活。人生在世，就是要恩怨了了，我因有一种仇愤，我报不了这仇愤，便对不起我的恩人。我什么都不想，只想能报复这种仇愤，便死了也情愿。"

春娇道："爹和谁人有仇呢？"

冯起来道："你们的年纪太小，不能做我的帮手，我将这种仇愤告诉你们，虽没有什么坏处，不见得又有什么好处。唉！不告诉你们也罢了。"

冯继擦了擦眼泪，趴到冯起来浑家的怀里，叫了一声姆妈道："爹不肯告诉我们，看我的爹老是这样不快活，我鼻子里很难过。姆妈快告诉出来吧，这样子实在叫人放心不下。"

冯起来的浑家便搂着冯继，乖乖宝贝地又叫了一阵道："妈来告诉你，他有个恩人，叫作什么空岩和尚。当初和尚杀了人家的人，反被人家儿子、媳妇找和尚报仇，和尚死在仇人的儿子、媳妇手里。他要给和尚报仇，三番五次要去杀害和尚仇人的儿子、媳妇，却不能如他的愿，便这样压得他憋不过一口气。若在娘的意思看来，和尚当初杀了那个姓柳的，这是和尚的罪恶，姓柳的儿子、媳妇肯替父亲报仇，这是人家孝心，你的爹也未尝不明白这样道理。不过说他受和尚的恩情太大，不给和尚报仇，终无从报答和尚的恩情，毁誉曲直，都在所不计了，娘也没法能劝他回心转意。在他虽练有这一身的罩功，但在江湖上结怨太深，免不了要失脚的。凭空岩和尚那么大的本领，尚不免死在人家手里，他万一失了脚，他不哭了，所以娘说我们哭的日子正长呢。"

冯继、春娇刚听到这里，即见冯起来接着说道："你们妇人家真是细心鬼胆，说话都长他人的志气，灭自己的威风。空岩和尚被姓柳的儿子、媳妇所算，两柄青锋、秋月剑是空岩和尚的对头，于今这两柄剑已被我埋在后院梨花树下，我的本领便算天不怕地不怕。纵然人家练得那一身的童子功，却也没法奈何我，能处死我的死命，我一日不死，终是他们的对头星。论他们命根再坚牢些，他们只做一对假夫妻吧，再休想把那生米煮成熟饭，能够养下孩子，就算他们的造化。你这妇人，把那话夹稳了，我断不致落到人家手里吃亏，也不怕他们逃到九舟外国。"

春娇和冯继听罢，也不向下问了。春娇却向冯起来的浑家说道："我的妈，不要同阿爹怄这些闲气吧。"

冯继也说道："阿爹还有一身大本领，我们将来一年小二年大，学成阿爹的本领，寻着拐我们的和尚报了仇，那才好耍子呢！"

冯起来听了，便和他浑家道："你听清了吗？孩子们也会想报仇，可知报仇的事是正经。你这妇人，以后再不用对我劝止，叫我光起火来，也不是当耍子的。"

这一天，冯起来夫妇同两个小孩儿谈了许多的话，只怪冯起来不小心，无意间露出青锋、秋月两柄剑埋藏后院梨花树下，事后怕两孩儿对别人吐露出来，曾叮嘱他们保守秘密。两孩儿却不向外人提起，他的浑家知道这两柄剑是丈夫生命攸关，便有人来打死她，要想在这人跟前吐说出来，是绝对办不到的。

韶光驶得像流水般快，这日又到了十一月初三那一日了，冯起来心想：有好几月不到绵山寻仇，多半星胆、璇姑防范的心思已减退了，他们防范心思一减退，锦衾角枕之间，想已非是两个童贞身体了。我今日正好下手去报复，便报复不了，再延迟三五年去一遭，看他们终能逃脱我的掌握？

冯起来便在这日清早动身，借着两道马甲符，到得绵山，已是黄昏时候。悄悄进了绵山石洞，伏在星胆、璇姑房中帐顶板上面，却幸没有一人知觉。直等得四更时分，看星胆、璇姑两人同时走进房来，每人手里各握着一支小剑，腰里各悬着一个革囊。

冯起来看那两支小剑的模型，同秋月、青锋两支剑是一般无二，老大吃了一吓，心想：这两支剑分明被我埋在后院梨花树下，如何到了他们手中呢？一想到这里，转疑惑这两支剑是假，是瞧着青锋、秋月两支剑的模型，准备等待自家前来寻仇，好吓诈一番的。便暗暗笑了笑，胆子登时壮大了，一转身，早从天花板上如飞而下，先挥起左拳，向星胆迎头痛击，分明击个正着，又舞起一只右腿，向璇姑小腹上踢了一下，分明又踢个正着，两人倒像行所无事的一样，仍然紧紧握剑在手。

冯起来转又大吃一惊，暗想：他们防范的心思真了得，看他们到这时还是童贞的身体，拳打不死，脚踢不伤，今夜仍不能得手。要想在他们手中夺取那两支小剑，看个真假，绝对也办不到，三十六招，还是走为上招，免得再在这地方出乖露丑。心里这么想，脚底就要像揩油似的奔走。

却听星胆、璇姑同声止道："来来！我们绝不难为你，有几句话要对你说明，才放你走。"

冯起来听了，不知怎的，脚步便停止了，反挺着胸脯说道："不走看你们怎样摆布！我冯起来不是个硬汉，也不肯冒险前来寻仇了，你们怕吃我逃走，我不经你们请我出去，也绝不走。"

星胆、璇姑见他是不走了，便从容从那革囊拾出两个血淋淋的人头，向冯起来面前一掼。

星胆便喝道："姓冯的，我们同你没有仇，须知今天由慧远师太将青锋、秋月两支剑仍然送还我们，我们得这两支剑，今夜却做下一件锄奸杀暴的事。带个证据回来，叫你知道，我们并非不能在今夜下手伤你，只因我们同奸邪暴虐没有人性的人有仇，同你冯起来没有仇，就不忍伤你性命。万一你再执迷不悟，我们唯有退让着你，断不同你这没有见解的人一般见识。呔！你看那是杀的什么东西？"

冯起来把那两颗血淋淋的人头拾起来一看，原来却是濮继唐和他儿子濮崇虎的人头，才信得他们手中两支小剑，确是青锋、秋月两支剑。将这两颗人头放下来，向星胆、璇姑两人回道："濮继唐父子和空岩同是我们罩门中人，究竟空岩是我的恩人，濮继唐虽是我濮老师的继子，我表面上虽和他亲近，暗地却不喜欢他，就因他们父子舍身事仇，甘做满人奴隶。空岩和尚纵无恶不作，也没有这一种的罪恶。如果濮继唐做满人奴隶，仍替我们汉人造福，不用满人的势焰欺压我们汉人，他们今天死在你们手里，我总该看在濮老师分上，也要给他们报仇，何况空岩的仇人就是濮继唐父子的仇人。只是你若请我出去，我以后总得设法来报你们的仇，所报的是空岩和尚的仇，并不是要报濮继唐父子的仇，你们要会清了我的脚步。"

星胆笑道："好好！我这次便请你出去。所以请你出去，不肯杀你的缘故，一半也给你将来向我们寻仇，让你好报答空岩和尚的私恩。"说着，便向冯起来一举手，做出要送客的样子。

冯起来道："有这样恭维我，我就走了。"

绵山石洞中人既成全冯起来的性命，他还有个走不出的道理？

冯起来出了石洞，且不转回恒山，到山西省垣去暗探了两日，果然探得很仔细。原是濮继唐睡在上房里，房外有十来个亲兵轮流把守，房里也有十来个婢女轮流听候使唤，不知怎样，被人杀死在床上，连人头都不见了，死后还没有知道。濮崇虎睡在第二十一个姨太太房里，门外虽没人把守，房内却有丫鬟睡着，听候使唤。忽然同睡的那第二十一房的姨太太在床上叫起来了，丫鬟揭开帐门，只见濮崇虎没了头，死在被里，连被窝都没有揭开。一时惊传出来，有人到上房去，要通报濮继唐，才知濮继唐也被杀死在床上了。

山西省中的官员欲把这两件大命案着落在守卫的

亲兵及和濮继唐同睡的姨太太伙通谋杀，只没有半点儿证据。忽然在濮继唐尸首下面寻出一封信来，据说那函信上是借着濮大人父子，警告省中官人。那信上的话是揭发濮继唐父子的奸私，并云：

> 此贼秉钺山西，贿赂贪婪，时有所闻。亲兵、婢妾无罪，不得妄谳大狱。如有不遵教命，早晚必来取汝辈首级。
>
> 草楮留床，以作明信。

山西官员便准备将这封信呈部察核，料想这两件大命案，反没有多大的干系了。

冯起来在山西探了两日，才回到恒山，入门便见他的浑家哭起来，说："两个可爱的孩子，却又被和尚拐了去了。"

冯起来心里已一半明白，再到后院一看，梨花树下的泥土很松活，下面寻了一会儿，哪里还有青锋、秋月两支剑呢？料知这剑必是什么慧远师太劫取了，不能疑到拐孩子的和尚身上去，但想到这两支剑已到了仇人手里，哪有方法再给空岩报仇？

偏是福无双至，祸不单行，这两个可爱的小儿女，又被什么和尚拐了去，只急得要在梨花树下寻图自尽。

忽然他的浑家又连忙跑来说道："喏！拐孩子的和尚又来了。"

欲知后事如何，且俟十九回再续。

第十九回

比翼文鸳柔情争似水
含沙鬼蜮恶计辣于姜

冯起来听说拐孩子的和尚来了，忙问和尚在哪里。

他的浑家回道："和尚在前天前来，硬将两个心爱的孩子带了去。他有本领，我们只没法能同他抵抗。如今他又跑到我门上来，却口口声声要你出去同他说话。"

冯起来听了，暗恨这个头上没有毛的东西，昨天来我家中，硬要带去两个孩子，是我不在家，才让他得了手。他今天却来了，我正好去向他讨回两个孩子，看他是怎样一个有本领的人物。

一面想，一面叫他的浑家且避开些，大踏步便来到前厅。果然厅上有个老和尚，一见冯起来从里面出来，连忙拿掌当胸，说："居士别来无恙。"

冯起来向老和尚仔细看了看，相貌似在哪里看见过的，只叫不出名号来。忽然想起来，向那老和尚讶道："你是在一年前，到我山上掘去我家荷人的尼姑，假装作什么和尚。荷人已被你弄去，修了你的五脏庙，这也不用同你细讲。只是你不该前天趁我不在家，将我两个心爱的男女孩子拐去。今日相见，须还我两个孩子，我饶恕你的性命。"

那和尚正是老尼慧远乔装的，听了冯起来这样话，又合掌说道："恕贫僧无状，掘食贵山的荷人，将来报答有日。这男女两个孩子，原是贫僧带到恒山来，前天仍由贫僧带回去，多谢居士几月爱护的心肠，正使贫僧感激不尽。"

冯起来道："我只当拐孩子的和尚是谁，原来就是去年掘劫荷人的尼姑呢。你拐了朱、陈两家的孩子，欺弄姓金的田舍翁，连我也被欺弄，你领教过我的手段，也道我还是容易好欺负的？识事的，就快将两个小孩儿给我。"

慧远道："这两个小孩儿是姊弟称呼，男孩儿并不姓陈，女孩儿并不姓朱，那是贫僧的两个小徒，女孩儿叫黄梦玉，男孩儿便是黄梦玉的兄弟黄杰民。贫僧所以带他们两人来到恒山，在居士家住几个月，贫僧却有一个道理，请居士且平一平心头之火，这里有书函一封，居士拆开一看，就知道这其中的道理。"旋说旋从怀中取出一封信来，用两个手指拈着，递给冯起来。

冯起来想在接信的时候，一翻手先将慧远的手扭住了，哪知信还没有接到手，慧远已闪身出来，飘然高飞天空，转瞬间便不见了。

冯起来却看那封信落在地上，拾起来拆开看时，上面写道：

恒山冯道兄惠鉴：

衲蛰处深林，久矣不闻时事，前者采药恒山，为因睚眦之嫌，竟狃江湖之习，中心歉疚，莫可言宣。素仰道兄金石其质，铁血其怀，恩怨了了，本为英雄第一开心之事，何况兄受空岩之恩，又非图报所可宣给。衲与黔山吴太太尝言之矣。第衲以空岩荒语背伦，罪大恶极，柳氏之诛空岩以报父仇也，姑无论是非曲直，在吾兄自有定衡。空岩之罪，已不容于天，非柳氏能诛空岩也，天特假手柳氏，以警罪大恶极之神奸钬。

我兄受恩思报，固迫于血性之要求，欲得星胆、璇姑之首而甘心焉，非报仇也，直欲借报仇以报空岩之恩耳；非欲得星胆、璇姑之首而甘心，直欲顾全私恩，而蔑弃天道耳。天道不可逆，即空岩之仇不可报，私恩与公义不两立，则唯有舍私恩而守公义。

神剑已由两小徒带回，归还柳氏。此中因果，当审明天道为不可逆，公义为不可背。

素美我兄明达，谅不以微言见轻。肃此，并颂道安。

祵慧远上

冯起来看完了这封信，字斟句酌，深悟几次不得给空岩报仇，可知天道有定，不容违逆，不由翻起两个骨碌碌的眼珠，出了会儿神，便拍着大腿嚷道："是我错了，我顾全公义，舍弃私恩好了。"

遂唤出他的浑家来，叫她领着厨工，办了些酒菜，到郊外去祭奠空岩一番，却暗暗祝道："非是冯某受恩忘报，不肯再舍身给和尚报仇，实因天不许冯

219

某给和尚报仇，费尽心神，多属自寻烦恼。冯某不敢再背弃公义，违逆天道，做此行险侥幸的事。所受提引大恩，唯有俟诸来世吧。"祝罢一番，临风洒了许多眼泪。

冯起来既经悟醒过来，当时狄龙骏一班道侣自有人出来调和冯、柳双方的冤仇，就容易推心解决。而星胆、璇姑的姻缘，直到此时才实行夫妇之道，八年道友，做成一对儿甜蜜的夫妻，所谓闺房之乐，诚有甚于画眉者，青锋、秋月有知，应当私羡他们俩的艳福不浅。后来璇姑孪生一男一女，男的系梦青锋入怀而生，女的系梦秋月接唇而孕，男子取名就叫作青锋，女的取名就叫作秋月。

青锋、秋月长成了人，也喜各佩着一支小剑，《双剑缔姻记》的正文，至此便告一段落了。

于今却要写着本书余文，为四部奇书的大结束，一支笔却要挽回到龙安平武黄云氏身上去。

诸君回想本书第二回文字，黄云氏从杰民、梦玉先后失踪以来，只没处寻找。接连过了十多年，黄家倒没有什么变故，不过云氏既悔当初虐待杰民，两个孩子都失踪不回家，总算自己造下来的罪孽，才应该受没有儿女的报应，就此回心向善，她的名气倒也很好。有许多同族的无赖，要想欺负她，都得几个年高望重的族长保护，那些同族的无赖，也就无法垂涎黄家的财产。可是几个年老望重的族长先后都弃世了，那些同族的无赖就毫无忌惮，有传说杰民姊弟在外边被歹人害死，却编说得凿凿有据，仿佛亲眼看见的样子。便有许多人对云氏说了，并要把他们的儿子承继云氏做儿子。

云氏看穿那些人的语调完全为谋分黄家的遗产，便向他们说道："杰民身死的凶信总是以讹传讹，谁也没有亲眼看见他被歹人害死了，安见杰民终不便回来？先夫茹辛受苦，好容易挣守得这份产业，你们总要将儿子过继过来，朋分先夫遗产，先夫不是没儿子，哪用得你们家里这许多的儿子？你们如有缓急，竟可据情相告，我只要保全先夫遗产，有些储蓄，情愿分润你们每人三五两银子。"

那些同族的无赖如何能容得云氏分说，大家又窃窃计议了一番，各人都写了一纸过继字，硬迫云氏收下去，便检点黄家的遗产数目，并家中的储蓄细软。云氏看他们气势汹汹，哪里还敢争论，惹动他们再生出别的枝节，行凶动武，卧底栽奸，那就更不可收拾了。只气得捶胸顿足，倒在黄燕南神主之前，昼夜号哭。

那些同族的无赖终因开单摊分黄家的财产不甚公平，争多论少，那一阵阵狼声虎气，几乎要把黄家的门户打翻过来。适巧黄燕南在时，有个老朋友远道过龙安，想到黄家借盘川，不知燕南已经故世，及到黄家拜访，见闹翻得这个样子，才知燕南已死，儿女在十年前已经失踪，族中的无赖却来争夺黄家财产的。

那人是个秀才，又有了一把年纪，见到这种光景，不出头说几句公道话，觉得面子上也下不来，便向那些无赖说道："老夫是异乡人，本不应该过问你们黄家的事，不过看你这情形，闹得太不像话了。不要说燕翁是老夫的故友，就是毫无关系的人，也忍不住不过问。就是你们要想把儿子过继这边来，也得向黄太太好好商量，像这种杀人放火的样子，虽然你们族中没有条规，难道国家就没有王法？"

那些无赖的同族却瞧不起一个老气横秋的酸丁胆敢来捋他们虎须，都一窝蜂嘈杂起来。有的还向那人吵骂道："哪里来了这么一个老甲鱼？你又不是黄家的子孙，怎配问黄家的事？识相的，就得赶紧滚蛋,，滚蛋，滚你妈的十八个蛋！"

那人听了，气得翘起八字式的胡须，无名火不由直冲颠顶，勉强按捺了一下，反冷冷一笑道："是呀，老夫不姓黄，就不该问黄家的家事，不过看你们这些地痞地棍，姓黄的配有这样子孙吗？像你们这些粗牛，想发横财，欺迫人家的寡妇，我不姓黄，也该给姓黄的打个不平。世界上又没反了天，怕你们犯了法，不会吃官司吗？"

那些无赖听了，如何还能忍耐，要上前将那人捶打一顿，还亏云氏见这势头不对，便向众无赖叩头求情，才放那人安然出门。

那人受气不过，脑袋上既顶着一个秀才，笔底下便会作几句状子，用黄燕南友人的名义，在龙安县告下一状。官里受下状词，将黄家同族的无赖申责了一顿，在黄家的大门口贴着告示，不准黄姓无赖借端侵占黄家的财产。

云氏深感那人肯打不平，暗地送他二百两银子。那人去了，云氏看有好几个月不见那些同族无赖前来胡闹，倒觉得六根清净，很是安闲。

这日，有个讨饭的贫妇到黄家后门口讨吃，黄家的仆婢看这蓬首垢面的贫妇肩遮脚大，一身的粗皮糙肉，很能做着粗工生活，听她的声口也是四川人氏，大家都受主母的感化，肯打发穷人，给那贫妇一碗饭。贫妇顷刻间把一碗饭吃完了，还像没有饱的样子，又伸手向黄家的仆婢要再讨一碗饭吃。

那仆婢即向贫妇问道："你是哪里的人？我看你年纪还没到三十岁，身体又生得这般结实，总该去帮人家做粗工生活。讨饭是东飘西荡，也不是个长策，你的食量又大，我们这些地方，除了姓黄的这一家，那些人家，有谁肯施舍穷人？但看到你这样神气十足的叫花，照例是不肯开发的。我们就给你吃饱肚子，午饭讨过了，晚餐你不能再来讨，依然是忍饥挨饿。我给你打算，不若找些粗工生活做做，从此无须讨吃，便不受饥饿，我看你一个人倒能做得两个人的粗工生活。"

那贫妇听了，便流下泪来说道："我原是苍溪的人氏，娘家姓卞，婆家姓贾，丈夫叫贾士虚，二十岁便过了门。就因我生得粗笨，讨不了丈夫的欢喜，简直有五六年没和我同床。翁姑却怪我不会养儿子，给我丈夫娶了一房妾小，我也毫无怨言，只顾埋头在家里做着粗工生活。谁知我丈夫早存了不良的心，欲抬举他新娶的妾做大奶奶，就因有我这个人放在眼前，叫他见了讨厌，屡次借端打我骂我，逼得我不能安生。翁姑又顺从他的儿子，不肯说我的好话。丈夫见

224

我娘家没有正式人物，打骂了我不算，常要逼勒我退回娘家。他恰好在那夜到我的房里打我，一口痰便吐到房里天花板上，当时我也没觉得，到了第二天清早，他又打到我房里来，指着天花板的痰迹，他便说这口痰是我偷的汉子吐到天花板上的，女人家年纪再轻些，体力再强壮些，中气不充，一口痰如何吐到这天花板上呢？便将我锁起来拷打，问我曾和什么人通奸，这个可是黑天的冤枉了。我不知他前生同我有什么冤孽，轮到今生来报复我，做证害我，硬说我和人有了私情。尽管我如何分辩，如何发誓，连翁姑也坐实我同人家有奸情，便一面拷打我，一面去找我娘家说话。

"我娘家只有个哥哥，生平喜欢在赌钱场上厮混，没有个正经的朋友，他希图人家一百两遮羞银，便要我归回娘家。

"我负气走出婆家的门，也不屑回娘家去，在我那无耻的哥哥那里受罪，打算寻个自尽。后来转念一想，我实在没有和人通奸，婆家做证驱逐我，我哥哥又不争气，他得了人家遮羞银，巴不得我不回娘家吃他的饭，随我在外面讨吃，他也不觉没有面子。但我遭受这样不白之冤，我若自尽死了，这冤情固没有申

225

雪，外人更要坐实我是因奸情败露，没有脸面见人，一死以掩耻的。因此一转念，觉得不能寻短见自尽了。既不能死，已被婆家驱逐出来，娘家又巴不得我早死早好，我除了求乞，再没有第二条生路可走。但我在家乡求乞，我哥哥和婆家的面子不足惜，我父亲在时，也是个面子上人，生了我这哥哥，已坍了我卞家的台，再因我这女儿把他老人家一身英名丧尽了，我将来死了，有何面目能见我父亲呢？家乡没有我讨吃的地方，飘落到外乡来，只没有吃过一饱，也没有人叫我做粗工生活。做人做到我这种地步，除了讨吃而外，更有什么可做呢？"说到这里，竟掩面放声痛哭起来。

那仆婢听了她这些可惨的话，又看了她这种可怜的情形，踟蹰了一会儿，才说道："你遭受这种冤枉事，外人不能给你设法，我很可怜你是好人家的女儿，竟苦到这种地步，你能做粗工生活，我们家里也合用着你这个人做些生活，多你吃两碗饭，每月送你几个工钱，不算是一回事。不过这事是由我们主母做主，她老人家心最仁慈，自然可答应。不过我须带你见一见她老人家，求她老人家收留你，我们做奴婢的，不能代替主子。"

那贫妇听了，便跪下来叩头道："若得你老人家如此栽培我，便是先父死在九泉，都也感激。我讨吃已有好几个月了，没有见过你老人家这种慈善的人，谢天谢地，这事好极了。"

那仆婢遂将贫妇一把拉起，带她见了云氏，照着她的话说了一大篇。云氏先派人将她送到浴室里，叫她洗了澡，换过一套衣服。因她是有钱人家出来，不派她做粗工生活，叫她在经堂服侍香火，这是云氏格外可怜她的意思。这贫妇便终日在经堂里不大出来，平时也随云氏诵经，云氏也很欢喜，只当她这个人是真。谁知这一来，已中了同族无赖的诡计，几乎把自己的廉耻都丧失了。

毕竟后事如何，且俟二十回再续。

第二十回

县官惩恶痞明断通神
剑侠报私恩全书搁笔

这日云氏早起料理过家务，便到经堂嗬经，贾家的弃妇侍立佛前，正忙着蒸香点烛。忽听得前面喧闹之声，云氏好生惊讶，忙停止嗬经，向贾家的弃妇挥了挥手道："你去看前面是什么事，闹得这样大惊小怪。"

那妇人还未走出经堂，即见有两个公差模样的人，各抖着当啷啷一条铁链，那为首的公差不由分说，一抖着铁链，向妇人颈上便套，说："朋友，你那事犯了。"

云氏看见这样光景，不由吓得浑身发抖起来，正要询问事由，那一个公差也是一般地对付，向云氏抖着铁链便锁，并拖了一把，只拖得云氏向前一栽，几乎扑地跌了一跤。云氏胸中虽然害怕，但信得自家没有犯法，便问差役说道："你们是什么衙门派来的？我家犯了什么罪？要传应献出传单，要拘也要拿出拘票，国家不是没有王法，你们敢这般狐假虎威，轻进人家闺闼锁人？"

那个锁云氏的差役听了笑道："你说这样话，我们替你肉麻，若没有拘票，就敢前来锁人吗？拘票是新任县大老爷给我们做证据的，不能给你看。值价些，都跟我们走，至于你们所犯何案，到龙安县大堂上，自会明白。"

云氏看两个差役凶恶的情形，也很识窍，便向他们说道："你们且坐下来，我家自信没有犯罪，绝不会逃走。你们既是县大老爷派来，也绝不会差错，我也不要拘票看，并不问为什么事锁人，到衙门里见了县大老爷，当然有个水落石出。俗语道得好：'官差理差，来人不差。'我也略尽一点儿地主之谊，不过此刻不是吃酒时候，我这里送你们几十两银子，求你们一路上方便些则个。"

那差役才转回了面孔。云氏便叫上一个心腹的丫鬟，拿出六十两银子，给两个差役朋分。两个差役四只狗眼望着银发笑，对面摊分已毕，便给云氏开了铁链笑道："我们得了太太的钱，当然替太太消灾降福，可恨我们吃了衙门饭，一受了衙门的差使，就身不由己了，只得请太太同这嫂子去走一遭。不然，我们不便回去销差。"说着，便叫那个丫鬟雇了一乘轿子来。

两个差役将云氏同贾家的弃妇直押到龙安县衙门口，才放云氏下轿，仍给她上了锁。云氏满心打算立刻见了那位新任县大老爷，请示被拘的事由，不防里面传出话来，被告且分别押在班房，静待审讯。

原来那个新任知县杨建树杨大老爷，到任半月，日间一概不大过问公事，不是吆五喝六，坐着四人大轿去拜会乡绅，饮食宴会，就是到他姨太太房间里鬼混半天，直到傍晚时分，才提起精神，认真坐堂讯案。可怜云氏被押在班房里，只饿了一日，偶然向班房里衙役询问被捕的缘故，那些衙役都现出活阎王的面孔，向她吆喝。云氏知道他们也想向自家索此贿赂，身边银子不多，再挨一会儿到了公堂，自然有了着落，也不再用向他们买话说。

晚间杨知县业已升坐公堂，先讯了两起案件，便轮到这件案子了。原被告都传换进去，云氏上了公堂，见贾家的弃妇也是铁锁锒铛地跪在堂下。

那边站的两个原告是同族无赖黄信、黄义两个，这两个原是主谋，叫手下的族党，欲将他们儿子过继云氏做儿子的，亏得前任李大老爷廉明，把他们都责斥一顿。于今前任李大老爷卸了印，到了后任官接印，他们又想谋占我家产业，不知告我什么，且待堂上怎样讯问，我自有分辩。可是那杨知县不在坐堂讯案时，好像他是个糊涂官，到了坐堂讯案时却也廉明公断，不肯稍存苟且。

　　当时便先向两个原告说道："日间有人在本县面前说情，你们的意思，本县业已了解，可是犯奸科罪，男女不容偏赦。本县不敢想得你们一千两银子的报酬，单开脱被告伍大雄的罪案，被告等犯奸若已坐实，自有本县做主，你们欲买通本县，单开脱被告伍大雄，其中不无涉及弊窦。本县是个青天，谅你们绝也难逃法网。"

　　两个原告听了，都不由惊得汗流浃背，你望我，我望你，只顾在堂上发愣。

　　杨知县又向云氏说道："被告伍大雄，已经验过是个男子，你也是官门的眷属，为什么竟敢藏着汉子在家，使他改作女装，遮蔽外人的眼目，做下这种损名败节辱门犯法的事？你老实供招出来，是怎样的接引，怎样的通奸？皮肉免叫吃苦。"

云氏流泪回道："大老爷真是天大的一圆明镜，犯妇系属宦家眷属，岂肯做这种玷辱家声的事？这妇人原是讨乞到犯妇家中来，被犯妇收在家中，服侍经堂香火。犯妇实不知他是个男子，若说犯妇同他有了奸情，尽可滴血试验。这是原告着他卧底栽奸，在大老爷台前挟嫌诬控，求青天大老爷给犯妇做主。"

杨知县听了，又向曾改装乞妇的伍大雄喝道："你说！"

伍大雄道："小人本不敢实说，但大老爷徇公无私，小人自己也想开脱自己，便再帮原告的忙，反使小人披枷戴锁，禁在狱里，依然得不到原告五百两银子。不瞒大老爷说，原告着令小人卧底栽奸是实，准许事成谢小人五百两银子是实，到公堂对质后，要设法开脱小人的罪律是实。这西洋镜已被青天大老爷拆穿了，所以小人也就以实道实，毫无半点儿虚言。乞大老爷恕小人愚鲁无知，听受奸人撮弄，放小人回去。"

杨知县听了，又向两个原告冷笑了一声道："你们听见了吗？"

黄信、黄义都叩头回道："被告伍大雄满口都是

232

说的梦呓，小人几时叫他卧底的？他因小人们告发他的奸情，难逃青天大老爷的洞鉴，却红口白舌来反咬小人们一口。"

说罢，又向伍大雄道："好汉做事须爽快些，我与你向无冤仇，你既同第一被告有了奸情，又何须抵赖？大老爷说我们请人讨情，这话太没有证据，你却不可转信。"

两个原告刚要再说下去，杨知县便将公堂拍得连天价响，骂道："这两个光棍，竟敢说本县没有证据，来！本县给个卧底栽奸证据你看。"旋说旋拿过一纸公文，用笔画了几个字，立刻交代一个差役手里。

那差役去不多时，早从库房里取来一根金针，当堂刺着云氏和伍大雄手指上的血，滴在水碗里。两人的血都不能拢合，却断定两人没有奸情，便令云氏当堂提起反诉，将黄信、黄义、伍大雄都收入大禁，分别定了个卧底栽奸的罪律，申详上宪。黄信、黄义监禁三年，伍大雄监禁六个月。

这案判决下来，龙安的人士无人不揄扬杨知县廉明干练，这也不用多费笔墨。

单说云氏释放回家，以为黄信、黄义定了这样的罪律，族中的无赖总该有些戒心，不敢再来转动念头了。没有二月工夫，却在那一晚，有一夫一妻到黄家借宿，云氏只不敢留他们过宿，省得无事又讨麻烦。

谁知到了半夜，那些同族的无赖进到黄家来了，共来有二三十个，都操着外府、外县人的口音，涂着红黑的面孔，挂着长长短短演戏的假胡子，将云氏和家中的仆婢都捆起来，用物事塞住了嘴。

却有个强盗，要拿手中的凶刀来杀云氏，却被一个强盗夺住说道："咱们且去收拾东西，得了手，再给她了账，不得手，也要拷打她一番，榨出油水来。"那强盗说了声好，便去收拾东西了。

其时，黄家逃脱了一个丫鬟，从墙洞里蹿出来，大声呼救。早惊动左邻右舍，一时鸣锣吹警，齐打伙抱奋勇似的，用巨石击开黄家的大门，一窝蜂拥进来。见二三十个强盗都纷纷倒地，不倒地的也伏着身子呼痛，一点儿不能动弹，都被那些人前来，将他们绑了，才给云氏及家中的仆婢松了绑绳，去了他们口里的物事。

便听有个仆婢说："强盗正在收拾东西，忽然来了一男一女，年纪约在三十上下，他们晚间曾来借宿，主母并不肯答应他们借宿的话。方才他们不知从哪里来的，两人都放出火星一样的东西，向强盗乱射。众强盗都被射得拼命地呼痛，没有逃脱一个。及至诸位高邻打门护救，那一男一女已不知到哪里去了。"

众邻舍听了，便请云氏备了状子，连夜将强盗解往县衙，都已一一讯伏，是黄家族中的无赖，内中有一个是黄信的儿子。秋决以后，再没有强盗敢到云家打劫了。

这日，云氏早起，忽然有个美少年，偕着一个女子，到黄家来，直入后堂，见了云氏，便一齐上前跪拜下去。

云氏看这一对儿少年男女，距离虽有十来年，相貌尚没多大改变，却也向他们问明，才知是女儿梦玉、儿子杰民都来了。梦玉、杰民虽离家十多年，但家里的事情他们很知道一半。

云氏问杰民、梦玉如何会一起回来，这十几年以来，毕竟他们是在什么地方，曾做些什么事。

梦玉、杰民因有人在旁，却含糊其词，不肯实说，背地里都肯将这些事告诉云氏。杰民并说："儿子已聘定媳妇，是云阳的人氏，姓富，乳名唤作梅姑，不日当令奉承堂上甘旨。"

云氏流泪说道："当初娘的心肠，对不起我的儿，对不起我儿生身的母亲，自是娘的不是，现在已懊悔迟了。天幸我的儿同你姐姐安然回来，总算先人的宗祧没有斩落。若论娘当日对我儿的行径，天报昭彰，怎该为娘还有享有儿女的一日？但前日同族的无赖到我家来打劫，亏得过路的男女将那无赖制定了，才脱得娘的性命。娘只苦不知他们的来历，使为娘无从报答他们两人的恩情。"

杰民暗告云氏道："他们是为报孩儿的恩情来救娘的，娘不用再说报答他们的话。"

云氏道："你认识他们吗？"

杰民道："他们是穿的怎样的衣裳，怎样面目，是不是那样呢？"

云氏回说："是。"

杰民道："孩儿说他们来报恩的，自然同他们有关系，岂但认识他们呢？"

云氏道："他们用的什么东西，将众强盗都制服下来？"

梦玉便插着问道："他们把那些东西放出来，就见火星四射，众强盗一个个都倒地叫痛，就没有倒地，也痛得不能撑持起来，是不是这样呢？"

云氏又应说："是。"

梦玉道："这是剑门中人用的梅花针，这梅花针的形式，仿佛梅花里面的花须，所以才叫作梅花针，是用钢屑炼成的，锋锐无比。放梅花针的人全要内功上有身使臂、臂使指的妙用，可以打到五丈开外，无坚不透，无微不入，不怕穿着几层极厚的衣，梅花针一上身，就会钻入皮肉里去了。这是我们学剑的人用的一种附属武器。族中的无赖强盗，哪有什么本领，怎抵挡他们使用这梅花针呢？"

云氏道："这两人姓什么，是怎样个称呼，受过你们如何情义呢？"

杰民却接着回道："男子姓柳，名星胆，女子姓方，名璇姑，由死生的朋友，几经患难，才成了白头的伴侣。两人因着青锋、秋月剑被人家劫了去，他们没取回青锋、秋月剑，就不能两全夫妻的名分。亏得我们的师父给他们设法，着令我们前去，暗取得青锋、秋月两支剑，交还了他们，解去他们心上一个大疙瘩。他们才得如愿而偿，成了美满的眷属，如今已接了宗祧，养下男女孩子来了。"

云氏道："这很是一件奇闻逸事，说来更动人听闻，你们不妨仔细说给为娘听一听。"

杰民道："孩儿们此来侍养娘的，夜间有时却还到别处去，同他们会面的日子正长。他们既是孩儿们的朋友，将来未尝不到孩儿们这处来，等他们来时，叫他们仔细说给娘听，比孩儿说得有趣。"

云氏道："丫鬟都不在房里，不妨由你便说出来，你不说出来，娘有些放心不下。"

杰民无奈，只得将双剑缔姻的一段事实，子午卯酉，从实向云氏说了。

云氏道："照你这样讲，比说书的先生讲得还有趣。为娘却又想起一件事来了。你曾说你们师父是修道的人，她是修的什么道？怎样的修法？修成了大道，得证什么果？"

杰民道："孩儿们没有深窥师父的道，不敢妄加评说。但知师父学的是明心大道，全在这个心上用功夫，道无止境，无所谓修成了功，修道只在明道，无所谓证什么果。"

云氏道："娘近来只是嗺诵经文，以为这也算是学道，不知道要在什么心上用功夫。心上的功夫，怎样用法？照你这样说，娘竟是盲修瞎练了。"

杰民道："大道不外一心，除在心上用功夫，不是大道，娘只嗺诵经文，尚没有修道，怎么说是盲修？尚没有练道，怎么说是瞎练？"

云氏道："我儿的话，娘听了不懂，可见娘无缘得闻大道了。哱诵经文，哪有什么用着呢？娘再问你一句，星胆、璇姑这一对儿剑血鸳鸯，也曾得窥大道的门径吗？"

杰民道："凡是孩儿们的同志，也有晚辈的，也有平辈的，现在都已遁迹道门，不谈国事了，岂但星胆、璇姑两人呢？哱诵经文，不但去道万里，并且非学道人当做的事。休说哱诵经文没有功用，便能证明大道，又待怎样呢？唉！大丈夫不能为国家干一番掀天揭地的事，竟至遁入道门，辜负这七尺身躯，也算迫于不得不然之势。虽迫于不得不然之势，后来人又谁肯谅解我们的苦衷呢？"